당신은
선택할 수
있습니다

당신은
선택할 수
있습니다

김지은 지음

남북한

통합 1호 한의사

김지은의

후회없는 삶에 대하여

'인생은 마라톤이다.' 이 단순한 진리를 모르는 사람은 없다. 그러나 그 인생여정에서 만나는 험난함의 정도는 제각각이다. 보통의 사람이라면 수백 번 죽음을 선택했을 순간을 수백 번 넘어선 사람이 김지은이다. 얼마 전 탈북 지식인 김지은을 EBS〈파란만장〉을 통해 만났다.

방송을 끝내고 이재용 아나운서와 그녀의 삶에 대해 이야기했다. "우리라면 과연 그녀처럼 살아낼 수 있었을까요? 절대 살아내지 못했을 거예요." 오직 '선택할 수 있는 자유가 있는 오늘'이라는 작은 희망 하나만으로 생사를 넘나드는 마라톤을 해낸 여성이 바로 김지은이다. 만일 당신이 '난 더 이상 희망이 없어'라고 느낀다면 오늘 바로 김지은을 붙잡고 물어보라. 그녀는 당신에게 '왜, 어떻게 살아야 하는지'에 대해 말해줄 것이다.

– **김미경**(국민멘토, MKYU학장)

많은 사람들은 자신의 불행이 가장 크다고 생각한다. 그러나 주위엔 훨씬 더 어려운 상황에서도 씩씩하게 사는 사람들이 많다. 사람들은 의사 김지은을 '남북한 통합 한의사 1호'라는 그럴듯한 타이틀로 부르지만, 하나원 동기인 내 눈에는 남북한 굴곡의 삶이 얹어놓은 누구보다 무거운 짐을 멘 여인이었다.

그러나 그는 절대 포기하지 않았고, 불행을 행복으로 바꿀 수 있다는 것을 오랜 인내를 통해 증명해냈다. 삶의 무게가 버겁다고 생각하는 사람들에게 이 책이 용기와 희망을 줄 것이라 믿는다.

— **주성하**(동아일보 기자)

살얼음이 얼어 있는 3월 말의 두만강을 걸어서 헤엄쳐서 건넌 다음 중국 공안에 두 차례 붙잡혔다가 '북한 → 중국 → 미얀마 → 라오스 → 태국 → 한국'으로 몇 개의 국경을 넘어온 이야기는 흔한 탈북 오디세이일지 모르지만, 청진병원 의사 10년차 여성이 가짜 신분증 하나를 지니고 가정부, 식당 종업원, 북경역의 삐끼로 중국 땅에서 생존의 희망을 찾아 헤맨 3년도 누군가의 처절한 수기 한 편일 수 있지만, 이 책이 그 이상인 것은 김지은의 놀라운 솔직함과 진지함 때문이다.

개인사의 고백이 그토록 섬세하고 정확하면 그것은 역사 기록이 된다. 또한 강인하고 반듯한 한 사람이 첩첩의 바리케이트를 넘고 넘어 자기 인생의 주인이 되어가는 스토리는 흥미로운 드라마이자 힐링의 텍스트가 되기도 한다.

우리에겐 이미 무심하고 때론 권태로운 선진국 시민의 신분이

어떤 사람들에게는 꿈에 그리는, 목숨 걸고 찾아오는 어떤 것이
라는 사실. 내게도 지치고 우울했던 시절이 있지만, 그의 인생
이 전쟁 통의 피난길이었다면 내 인생은 봄 소풍이구나, 어찌
살아도 대한민국에 태어났다는 건 선물 같은 것이구나, 싶다.

— **조선희**(작가, 전 서울문화재단 대표)

나는 포기하지 않음을
선택한다

가을이다. 하늘이 티 없이 맑고 푸르다. 장마철 끈적임과 삼복 무더위를 잘 이겨냈더니 드디어 맑고 쾌청한 가을을 선물로 받은 느낌이다. '삶이 이런 것 아닐까' 하는 생각이 든다. 힘든 환경과 풀리지 않을 것 같은 고충은 항상 있지만 우리는 늘 '이 또한 지나가리라'를 읊조리며 잘 이겨내곤 한다.

선기가 느껴지고 공기가 쾌청하니 기분까지 깔끔하지만 또 다른 애환이 마음 한 귀퉁이를 살짝 무겁게 한다. 바로 가을학기가 시작된 것이다. '박사 과정 4학기.' 이 나이에 무슨 박사 과정이냐고 칭찬과 함께 나무람을 하는 지인들도 있다. 무슨 공부에 원수진 것도 아니고 이제 좀 편하게 살라 한다.

지금이 나한테는 편한 거라고 하면 너무 웃기는 걸까. 솔직하게 말하면 정말 즐겁고 행복하다. 이 나이에 배우고 토론하고 리포트 제출하는 것이 때로는 번거롭고 고통이기도 하지만 그 시간만큼은 나의 감정이 그렇게 짜릿한 설렘을 느끼게 한다.

코로나 재 유행 때문에 대면 수업이 어려워서 아쉬움이 크다. 새 학기가 시작되면서 지난 학기처럼 대면 수업하면 안 되느냐고 교수님께 연락을 드렸다. 학교에 가고 학우들을 만나고 초롱초롱한 눈빛과 진지한 마음가짐으로 강의를 듣는 것이 행복하기 때문이다.

나는 지금 또 하나의 새로운 선택을 했다. 전공인 한의학 박사 과정이 아니고 법학 박사 과정이다. 왜 하필 법학이냐고 누군가 물어도 물론 할 말이 있다. 북한에서 고등중학교(한국의 중학교, 고등학교의 통합)를 졸업할 때까지 내 꿈은 법학도였다. 나는 법대를 가고 싶었지만 상황이 여의치 않아 결국 의대를 가게 되었다. 대한민국 정착 초기 사법 시험을 볼까 하는 생각을 할 만큼 나는 법학도의 꿈을 버리지 못하고 있었다.

결국은 포기하고 다시 한의대를 다니기는 했지만 나에게 대학원은 법학이다. 북한·통일법 전공이고, 남북한

의료법 비교와 남북 보건의료 통합에 관심이 많다.

       '인생을 살아보니 65세부터 삶이 행복했다'는 연세대학교 김형석 명예교수님의 글을 읽은 기억이 있다. 처음에는 김형석 교수님께서 대단하고 특별한 분이셔서 그럴 거라 생각했지만 한 해 두 해 나이가 들어가면서 그 뜻을 조금씩 이해하게 되고 나도 그럴 수 있겠다는 생각을 했다. 지금의 선택으로 내가 앞으로 어떤 일을 할 수 있을지 모르겠다. 거창한 일보다 후배들이 이어갈 대한민국 미래를 위한 큰 그림의 밑바탕이 되고 그 기초를 마련하는 정도만으로 충분히 만족한다.

       내 인생의 좌우명은 '인생은 마라톤이다'이다. 북한에서 읽었던 소설에서부터 따오고 마음에 담았던 이 문장을 한국에서도 똑같이 많이 사용하고 있다는 것에 놀랐다. 마라톤의 묘미는 '인내, 끈기, 완주'이다. 첫 레이스에 속도를 낸다고 해서 1등을 한다는 보장이 없고 마지막 레이스에 속력을 낸다고 해서 결승 테이프를 끊을 수 있는 것도 아니다. 42.195킬로미터라는 긴 구간을 꾸준하게 '페이스'를 스스로 조절해야 무난하게 완주할 수 있다.

       모든 운동 경기는 순위가 있다. 그 순위를 위해 선수들은 몇 년을 열정을 바쳐 노력하고 그 노력에 관중은 박수를 보낸다. 운동 경기 중 등수와 상관없이, 마지막 꼴찌를 해도 박수를 받을 수 있는 경기는 마라톤뿐이지 않을까 하는 생각을 한다. 지친 몸을 이끌고 마지막에 결승선을 통과하는 선수가 받는 아낌없는 박수는 그 긴 구간을 포기하지 않고 견뎌낸 사람에게 주는 찬사, 응원, 격려일 것이다. '좋은 결과라도 나쁜 과정이면 나쁜 것이고, 나쁜 결과라도 과정이 좋으면 좋은 것이다.' 힘들어서 주저앉고 싶고 포기하고 싶은 순간도 있었을 테지만 잠시 쉬었다가 다시 뛰면서 자신이 도달해야 할 목적지까지 성공적으로 당도한 것이다. 포기하지 않은 그 아름다운 과정에, 힘든 여정을 묵묵히 이겨온 그 열정에 주는 찬사가 아닐까.

나는 우리 인생도 바로 마라톤 같다고 생각한다. 삶의 순간순간, 구간구간 정말 힘들고 주저앉고 싶을 때가 많다. 나보다 늦게 입사한 후배가 먼저 승진할 때 그러할 것이고, 나보다 유명하지 않은 대학을 나온 친구가 좋은 회사에 취직할 때도 그럴 것이며, 대학을 나오지 못한 친구가 나보다 더 멋진 결혼을 할 때도 비슷한 감정을 느낄 수 있다.

하지만 인생에는, 우리네 삶에는 각자의 길, 각자의 방식이 있다. 각자 주어진 삶에 최선을 다한다면 언젠가는 원하는 목적지에 도착할 것이라고 생각한다. 주저앉지 않고 포

나는 포기하지 않음을 선택한다

11

기하지 않는다면 말이다. 내가 가는 길의 방향이 잘못된 것 같다고 생각하면 조금 돌아가도 되지 않을까.

나는 가끔 성공했다는 칭찬을 들을 때가 많다. 성공이 아니라고 하면 욕먹을 것 같지만, 어쩜 성공일 수도 있겠다고 생각한다. 고백하건대 치아가 부서질 만큼 굳게 이 악물고 악착같이 살아오지는 않았다. 다만 늘 꾸준하고 한결같이 살았다. 시간이 지나니 사람들이 성공이라고 불러주었다. '성공'이라는 단어가 부담스럽지만 한 가지 명백한 것은 내가 살아온 지금까지의 과정이 결코 후회스럽거나 부끄러움은 없다는 사실이다. 아니 오히려 자랑스럽다. 나는 '포기하지 않는 선택'을 한 것이다. 그것이 성공이라면 성공이다.

대한민국이 북한보다 좋은, 가장 큰 장점 한 가지만을 꼽아보라고 하면 나는 주저 없이 '선택'이라는 단어를 떠올리게 된다. 북한은 개인에게 선택권이 없다. 원하는 것을 마음대로 할 수 없는, 즉 자유가 없다는 말이다.

하지만 대한민국은 선택권이 나, 개인에게 있고 법으로 그것을 보장받고 있다. 각자의 삶을 살아가는 과정은 다를 수 있고 그 방법을 스스로 선택할 수 있다. 그리고 그 선택이 마음에 들지 않으면 본인의 의사에 따라 바꿀 수 있는 선택도 할 수 있다. 각자 원하는 삶의 방식을 자기의 목표와 주관대로 계획하고 구성할 수 있는 것이다.

내가 대한민국에 살면서 가장 좋아하는 단어를 '선택'이라고 하는 이유이다. 많은 어려움이 있었고 출로가 보이지 않는 상황들도 있었지만 선택을 바꿀지언정 '포기하지 않음을 선택'함으로써 대한민국 국민으로서 조금씩 자리잡아가고 있다. 내가 살아왔던 이야기를 쓴다는 것에 사실 많은 망설임이 있었다. '솔직해야 한다는 책임감과 사생활을 어디까지 공개해야 할까'의 프라이버시 사이에서 갈등이 많았다. 정답이 있을까 생각도 들었지만 마음이 닿은 곳까지 쓰기로 했다.

부끄러움이 가득하지만 싱그러운 가을 햇살에 마음의 부담을 살짝 맡겨본다.

— 2021년 가을

김지은

나는 포기하지 않음을 선택한다

Contents

Chapter 1

내 인생의
역사적인 그날, 3월 27일

Chapter 2

절망의 옆방에
희망이 있었다

Chapter 3

선택할 수 있는 당신은
행복한 사람입니다

Chapter 1

내 인생의
역사적인 그날,

3월 27일

인생이 이렇게
바뀔 줄 몰랐다

처음 북한을 떠날 때 나는 이렇게 한국까지 오
게 되리라고는 생각지도 못했다. 아니 다시 북한으로 돌아가지
않으리라는 생각조차도 하지 않았었다. 단지 북한 사회를 벗어
난 다른 사회는 어떨까 하는 궁금증이 있었던 것뿐이었다.

1990년대 후반 북한 사회는 10여 년 동안의 경
제적 혼란으로 기아와 고통의 아우성이 곳곳에서 울려 퍼졌고
사회질서는 무너졌으며 사람들은 여기저기 방황하는, 그야말로
체계적인 지난 시절의 모습은 찾아볼 수가 없었다. 그중에서 나
의 뇌리에 가장 큰 궁금증을 불러일으켰던 것은 중국으로 드나
드는 사람들이었다. 궁극적으로는 경제적 궁핍에서 벗어나기

위한 몸부림이었지만 그 방법은 제각각이었다. 몇 달씩 중국에 들어가 식당 같은 곳에서 일을 해서 식구들 먹을거리를 구입할 만한 돈을 벌어오는 사람, 북한에서의 골동품 같은 것을 들여가 비싼 값으로 한국의 거간꾼들에게 팔아 한순간의 일확천금을 노리는 사람, 심지어는 피를 팔려고 들어가는 사람이나 중국 남자들과 결혼하고 결혼지참금으로 받은 돈을 북한에 있는 가족에게 보내어 가족을 살리는 사람들도 있었다.

하지만 어떤 방법을 선택하든지 북한을 떠나서 국경을 넘었다는 자체는 북한 정권의 입장에서는 엄밀히 배신이었고 중국 정부의 입장에서는 또한 불법 체류였다. 두 정부의 이해관계에 의하여 중국에서의 탈북자 색출이 빈번해졌을 뿐 아니라 그 방법도 아주 가혹했고 처참했다. 붙잡힌 사람들을 철사로 꿰어서 끌고 다니기도 하였고 북한 주민들 앞에서 공개적으로 성토모임 같은 것도 진행했다. 물론 몇 달간의 강제노동이나 교도소 생활도 했다.

조국을 배반하는 그런 행위를 손톱만큼도 생각하지 않고 있었던 나는 붙잡혀오는 사람들의 모습을 때로 비웃기도 했다. 하지만 갈수록 이상한 생각이 들었다. 중국에서 처참하게 잡혀 와 노동단련소에 갔다가 출소하면 그들은 또다시 중국으로 가는 것이었다. 그렇게 3~4번씩 되풀이하는 사람도 수없이 봤다.

그들을 보면서 당시 내가 할 수 있었던 생각은 고생스럽게 감옥 생활을 하고 나와서 왜 또 같은 잘못을 저지르는 것일까 하는 것이었다. 나아가서 중국이라는 나라가 과연 어떤 곳이기에, 거기에 무엇이 있기에 저런 고통을 감수하면서까지 반복하고 있는 것일까 하는 궁금증이 생겼다. 그리고 어느 날 문득 가보고 싶었다. 당시 나의 상황도 별로 윤택하지는 않았다. 한국 사람들의 입장에서 생각할 때 의사 생활 10여 년 정도였으면 탈북 할 정도로 생활이 어렵지는 않았을 것 아니냐고 의아해할 수 있겠지만 이것은 북한 상황을 잘 모르고 하는 말씀이다.

북한은 한국과 다르다. 한국은 개인 소유가 허용되는 사회지만 북한은 철저히 집단 체제에 의하여 모든 것이 국유화된 사회이다. 노동자든, 농민이든, 의사든, 대학교수든, 군인이든 모두 국가에서 월급을 주고 배급을 받는다. 국가 경제가 어려우면 월급이나 배급을 받을 수 없고 그러면 생활이 어려운 것은 노동자나 의사나 마찬가지라는 뜻이다. 굳이 얘기하자면 일하는 환경이나 받는 월급이 다를 뿐이다.

그렇게 나는 탈북을 결심했고 결국 삶이냐 죽음이냐를 선택하는 수단으로 조중 국경을 넘었다. 봄이라고는 하지만 3월 말의 두만강은 여전히 차갑고 냉랭했다. 깎아지른 벼랑 밑으로 흐르는 북한 쪽은 얼어 있었지만 밋밋한 야산과 맞닿아 있는 중국 쪽은 녹아 있을지도 모른다는 불안감이 있었지만 무작정 중국 쪽을 향하여 걸음을 내디뎠다.

고요한 국경을 넘으려 하니 신발이 얼음 위에 살짝 붙었다가 떨어지는 소리도 얼음이 쩡 하고 갈라지는 소리처럼 뇌리를 파고들었고 심리적인 큰 불안감으로 엄습해왔다. 강 절반은 지나오지 않았을까 하는 안도감을 가지려는 순간, "야, 거기 서~~!" 하는 소리가 들렸다. 무작정 뛰었다. 다행히 누구도 총을 쏘지는 않았지만 당시 나의 심정은 총을 쏘면 그냥 맞고 죽어도 좋다는 마음이었다. 이래도 죽고 저래도 죽을 바에 총 맞고 죽으면 굶어서 고통스럽게 죽는 것보다 나을 수도 있겠다는 생각을 하면서 말이다.

예상하던 대로 중국 쪽은 2~3미터 정도 강물이 녹아 있어서 발이 빠지면서 몸무게가 한쪽으로 쏠렸다. 키가 작았던 나의 허리 위로 물이 차올랐고 뼛속까지 시린 느낌이 이런 경우를 두고 하는 말이구나 실감했던 순간이었다. 살을 에는 냉기도 순간이었고 보다 힘들었던 것은 둥둥 떠내려가는 얼음덩어리들을 옆으로 밀어내면서 두 배의 힘을 들여야 한다는 것이었다. 비록 2~3미터의 거리였지만 거의 15미터 정도 아래쪽으로 밀려 내려가면서 강을 건너는 것 같았다.

그렇게 두만강을 넘었다. 어쩔 수 없어서, 더는 가만히 앉아서 죽음을 맞이할 수 없어서 자의 반, 타의 반으로 무작정 내디딘 걸음이었다. 하지만 문제는 이제부터였다. 어디로 가지? 저 멀리 바라보이는 논밭 가운데 농가 몇이 보였지만 딱히 어느 집으로 들어가야 할지 몰랐다. 당시 여름 신발에 홑옷을 걸치고 있었던 나는 강물에서 나오자마자 나무토막처럼 굳어 있었다. 옷에서 흐르던 물은 금방 얼음이 되어 온몸을 뒤덮었고 바지는 걸음을 제대로 옮길 수 없을 정도로 얼어서 굳어 있었다. 간신히 마을에 이르렀으나 어느 집도 문을 두드리고 들어갈 자신이 없었다. 굶고 초라한 모습을 보여주기 싫었던 것은 아마도 그때까지도 그 알량한 자존심이 남아 있었기 때문이리라.

그렇게 얼마나 시간이 지났을까. 마을길을 두리번거리는데 중년의 어머니 한 분이 지나가다 나를 아래위로 쭉 훑어보시더니 말을 건넸다. "조선에서 왔소?" 물어보는 것이 아니라 내 입으로 직접 확인해달라는 어조로 들렸다.

연변 쪽 사람들은 북한을 조선이라고 부른다. 입술이 얼어붙어 대답을 제대로 할 수 없는 상황이기도 했지만 나는 주제가 너무 초라해 보인다는 것에 더 신경을 쓰면서 겨우 대답했다. "예." 재차 물으신다. "누구네 집에 왔소?" 어떤 답변이 나올지를 미리 알고 있었다는 듯이 대답도 기다리지 않고 재차 물으셨다. "어디 갈 곳이 있소?"

그때 생각했다. '어디로 가지? 내가 지금 어디로 가려고 이러고 있는 거지?' 아무 대답도 할 수 없었고 비로소 설움이 확 치솟아 올랐다. 죽음을 각오하고 국경을 넘었는데 딱히 갈 곳이 없었다. 어디로 갈 건지도 모른 채, 어디론가 발길 닿는 대로 갈 수밖에 없는 처지인 것이다. 순간 눈에 눈물이 고여 올랐고 다정하게 묻는 할머니에게 '살려주세요'라는 애절한 구원의 눈빛을 보내며 머리를 좌우로 흔들었다.

"갈 곳이 없어요. 아무 곳도 갈 곳이 없어요. 어디로 갈지 모르겠어요." 갑자기 앙~ 하고 울음을 터뜨렸다. 할머니는 자신의 댁으로 나의 손목을 잡아끌었고 나는 그렇게 중국 연변의 한 시골 농가에 며칠을 묵을 수 있게 되었다. 할머니가 덥혀주신 목욕물로 목욕을 하고 할머니가 입으시던 후줄근

한 옷으로 갈아입고 따뜻한 아랫목에 누우니 어느덧 마음이 조금 누그러들면서 스르르 잠이 들었다. 얼마나 잤을까. 달그락거리는 소리에 눈을 뜨니 할머니께서 아침 겸 점심 식사를 차려 놓으셨다.

하얀 쌀밥과 묵은지 돼지 고깃국에 보기만 해도 먹음직스러운 아삭아삭한 김치, 순간 나도 모르게 꿀꺽 침이 삼켜졌다. 하지만 그보다 더 나의 눈과 코와 혀를 자극했던 것은 삶은 달걀이었다. 나는 지금 몇 년 만에 달걀을 보고 있다. 워낙 달걀을 좋아하기도 했지만 달걀을 먹어 본 지 너무 오래전이라 그 맛이나 촉감까지도 잊어버린 것 같았다. 너무 먹고 싶었지만 나는 결국 두 알밖에 먹지 못했다. 아니 두 알만 먹었다는 것이 더 정확한 표현일 것이다. 생각 같아서는 달걀을 포함하여 차려주신 음식을 다 먹고 싶었으나 차마 그럴 수 없었다. 오랫동안 굶어왔던 나는 지금 이 순간 먹고 싶은 대로 다 먹으면 분명 탈이 생길 거라 생각했다. 그러면 초면에 신세 지고 있는 것도 미안한데 화장실을 들락거리면서 민망한 모습까지 보이고 싶지 않았던 것이다. 먹고 싶다는 강렬한 유혹과 '먹으면 안 돼, 그만하고 참아야 해' 하며 추한 모습을 보일 수 없다는 이성과의 싸움이 그 짧은 순간 너무나도 강하게 일어났던 것으로 오늘날까지도 기억에 깊이 남았다. 그렇게 며칠 그 할머니 댁에서 신세를 지게 되었다.

한 번은 이런 일도 있었다. 아무리 좋은 집에 머무르더라도 남의 집은 눈치가 보이기 마련이다. 며칠을 있다 보니 눈치 주지 않아도 자연히 위축되어 최소한 밥값이라도 하려고, 밥상에 마주 앉을 때 미안하고 민망함을 조금이라도 덜어 보고 싶어 무슨 도움 되는 일을 할 것이 없을까 생각하게 되었다. 그런데 어느 날 문득 보니 밖에 언 밥덩이와 고깃덩이가 있었다. 할머니께서 나에게 매일 햇밥을 해주시고 먹다 남은 음식을 밖에 내놓으셨다고 생각한 나는 할머니께 말씀드렸다.

"할머니. 저기 밖에 있는 밥을 덥혀서 먹어요."

"무슨 밥?"

"저기 밖에 내놓은 그릇에 놓여 있는 얼어 있는 밥과 고기요."

힐끔 하고 그곳을 쳐다보신 할머니께서는 아무렇지도 않게 대답하셨다.

"응. 그건 사람이 먹은 것 아녀."

"그럼 누가 먹어요?"

분명히 사람이 먹을 수 있는 건데, 왜 안 먹는

다고 할까. 그리고 왜 밖에 저렇게 내놓고 있을까? 내가 의아해
하자 할머니께서 설명해주셨다.

"저 밥은 개가 먹으라고 내놓은 것이야. 그런데
느끼해서 그런지 안 먹네."

"…."

순간, 멍했다. 개가 먹다니. 개밥이라니, 개밥
이라니. 내가 봐도 충분히 사람이 먹을 수 있는 음식을 개에게
주다니. 그런데 개도 안 먹는단다. 먹기 싫어서. 이 상황을 어
떻게 설명해야 할까. 북한에서는 내가 아주 어릴 적부터 인민
들에게 이밥에 고깃국을 먹게 하는 것이 김일성의 소원이라고
했다. 그래서 우리는 허리띠를 졸라매면서 살았다. 그래도 이
밥에 고깃국은커녕 점점 생명이 위태로울 정도로 삶이 힘들고
기아와 빈곤 속에서 생명이 위협받고 있었다. 풀죽 한 그릇이
없어 나는 소아과 의사로서 영양실조로 맥없이 목숨 줄을 놓아
버리는 아이들을 수없이 봤다. 나도 수없이 굶었고 우리 엄마
도, 우리 아빠도, 우리 이웃들 모두가 굶기를 밥 먹듯 하다 견디
지 못해 이곳까지 왔는데. 아, 이밥에 고기, 저 고급 음식을 개도
안 먹는다니.

잠깐 생각했다. 개도 안 먹는 저 이밥과 고깃덩

어리를 북한에서는 어떤 사람들이 먹을 수 있을까? 당일군? 군인 가족? 그렇다면 당일군이나 군인 가족도 1년 365일 저렇게 먹을 수 있을까? 먹다가 못 먹어서 저렇게 버릴 수준이 되었던가? 답이 없었다. '개보다도 못하다'는 말이 이런 경우를 두고 나온 말이던가. 이게 뭔가. 어떻게 이럴 수 있지?

'세상에 부럼 없는 나라', '세상에서 제일 좋은 내가 사는 내 나라'는 어디에 있는 것인가. 그동안 내가 받았던 교육은 과연 무엇이었던가 하는 생각이 한꺼번에 뇌리를 스쳐 지났다. 사실 나는 북한을 떠날 때 다시 돌아갈 생각을 하면서 떠났다. 잠깐 중국에 와서 상황을 살펴보고 먹고살 수 있는 식량 같은 것을 조금 얻어가지고 도로 고향으로 돌아간다는 계획으로 떠났다. 그러나 이 순간 다시 돌아갈 필요가 없다는 생각이 문득 들었다. 그동안 내가 숭배하고 따랐던 내 나라, 내가 배웠던 교육, 내가 꿈꾸고 있었던 삶과는 전혀 다른 세계가 북한 바깥에 있었다.

뭔가를 다시 알아가야겠다는 생각이 들었다. 어쩌면 즉흥적인 감정이었을지도 모른다. 하지만 오늘날까지도 북한으로 돌아가지 않은 것을 한 번도 후회해본 적이 없다. 그만큼 당시의 충격은 너무도 컸던 것이다.

내가 만난
첫 남조선 사람

북한에 있을 때는 남한을 몰랐다. 정확히 말하면 대한민국이라는 말을 몰랐다고 하는 편이 맞을 듯하다. 북한에서는 그저 남조선이라고 불렀다. 내가 어릴 때부터 받아왔던 교육은 남조선은 미국의 의존국으로 정치, 경제, 문화 등 사회 전반의 모든 것이 미국에 예속되어 있다는 것이었다. 그러니 대한민국이라는 나라 이름을 가지고 있었다는 것을 어찌 알 수 있으랴. 우리에게 통용되었던 이름은 남조선이었다.

남조선에는 다리 밑에 정말로 판자촌이 즐비하고 거지 떼들이 널려 있는 줄 알았다. 2004년 가을쯤 한 신문사 기자와 편하게 이야기를 나눈 적이 있었다. 동시대에 남한과 북

31

한에서 중고등학교를 졸업하고 대학을 다녔던 같은 연배의 우리는 남북한에 대하여 각자 너무나도 다른 개념을 가지고 있었다는 것에 대해 슬프다는 생각을 했었다.

　　　　　기자가 생각하고 있던 북한은 빨간 뿔이 있는 사람들이 살고 있는 곳이었다. 당시 나는 남한에 거지가 많고 아이들을 유괴해서 외국에 팔아버린다는 내용의 웅변을 한 것에 대해 상을 받았다는 이야기를 했던 기억이 있다. 서로에 대해 이런 인식을 가지고 있었던 내가 중국에서 보게 되었던 연변 조선족들의 남한 행을 위한 꿈은 정말 이해할 수 없는 현상이었다.

　　　　　북한을 떠나 중국에 머무르고 있을 때였다. 당시 중국에는 한국에서 사업차, 또는 여행으로 오는 사람들이 꽤 있었다. 그리고 중국 동포들도 돈을 벌기 위해 빚을 내서 한국으로 나가는 붐이 불고 있었다. 중국에 와서야 내가 북한에서 알고 있던 남조선이 단순히 사람 못 살 곳만은 아니라는 것을 알게 되었다. 한국은 내가 알고 있던 이상으로 경제적인 강대국이 되어 있었고 텔레비전을 통하여 보이는 고층 건물이 즐비한 도시들과 오고 가는 형형색색의 옷을 입은 사람들, 드라마나 영화에서 볼 수 있었던 일상생활의 모습에서 북한보다 훨씬 멋있다는 생각이 들었다.

그러면서도 묘하게 자존심이 상한다는 느낌이 들었다. 말로 다 표현할 수는 없었지만 마음이 못내 불편했다. 내가 사는 내 나라가 세상에서 제일 좋은 곳인 줄 알고 있었는데 남조선은 어쩐지 내가 상상하고 있는 그 이상으로 잘사는 나라인 것 같았다.

그런 나에게 한 남조선 신사(최 씨 아저씨라고 했다)가 만남을 요청하였다. 혹 지금 상상하고 있는 그런 이상한(?) 만남의 의미는 물론 아니다. 당시 내가 있던 곳은 연변의 작은 시골마을이었고 나는 어느 집에 머무르고 있었다. 작은 마을이다 보니 금방 소문이 나게 되었다. 북한에서 온 여의사(당시만 해도 작은 시골마을에서 생각하는 여의사는 꽤나 느낌이 있었나 보다)가 어느 집에 머무르고 있다는 것을 알게 된 그분이 한번 만나서 이런저런 얘기를 나눠보고 싶다고 인편에 연락을 보내왔다.

당시 신분을 숨기고 있어야 할 상황이기도 했고, 보수적인 교육을 받아왔던 나로서는 생면부지의 어떤 남성이, 그것도 남조선 사람이 만나자고 한다는 것이 뜻밖이었고 선뜻 응할 수 없었을 뿐 아니라 기분이 매우 좋지 않았다. 자기가 뭔데 만나보고 싶다고 하는 건가 하는 생각이 들었다. 그보다 마음을 더 무겁게 한 것은 내가 왜 남조선 사람을 만나야 하는

가였다. 북한을 떠나 다시 돌아가지 않으리라는 결심을 한 것만으로도 마음속에 조국에 대한 미안함과 죄스러움을 가지고 있는데 거기에 남조선 사람을 만난다는 것은 정말 상상조차 할 수 없는 일이었다. 조국을 두 번 배신할 수는 없다는 생각이 강하게 들었고 완강하게 거절하였다.

게다가 북한을 떠나서 알게 된 남조선의 현실, 북한보다 훨씬 잘살고 있고 중국 사람들이 이토록 꿈의 나라로 받들고 있다는 것도 자존심이 상했다. 당시 중국에 사는 조선족 동포들은 한국에서 온 사람들을 남녀노소 할 것 없이 영웅을 떠받들 듯하고 있었다. 북한에 있을 때는 북한 사람들이 외국에 나가면 그렇게 떠받들리고 있는 줄 알았다. 북한의 주체사상에 대하여 세계 모든 사람들이 엄지손가락을 쳐들면서 칭찬하고 우러러 따르고 있다고 교육받았던 터라 남조선 사람들이 이렇게 영웅 대접을 받고 있다는 것에 심기가 불편했다.

게다가 내가 처한 환경은 어떤가. 북한에서 아무나 갈 수 있는 대학이 아닌 의학 대학을 졸업한 의사가 배고파서 허겁지겁 쫓기듯 북한을 떠났고 판자촌에 거지 떼가 우글거릴 줄 알았던 남조선에서 온 사람이 이토록 대접받는 현실에 자신이 한없이 작아지는 것을 느꼈다. 그래서 더더욱 만날 수 없었다. 마음속으로는 '나는 당신을 만나지 않을 거야, 절대로. 이건 내가 당신을 만나주지 않는 거야' 하는 마음으로 위로하면서 말이다.

그런다고 현실이 어디 가겠는가. 아무리 발버둥치고 자존심이 상해 속상해도 북한 사람들은 기아와 궁핍 속에 죽어가고 있고 남조선 사람은 외국에 나와서 우대받고 있는 것이 현실이었다. 나의 이런 속마음을 알기라도 한 걸까. 그 남한 신사는 인내를 가지고 끈기 있게, 그러면서도 불편하지 않게 만나고 싶다는 마음을 전달해 왔다.

나도 내심 만나고 싶은 속내가 없지는 않았다. '남조선 사람은 어떨까. 교육받았던 대로 강한 이미지에 무서운 느낌일까. 내가 북한에서 잘 먹지도 못하고 살다가 나왔다고 무시하지는 않을까. 만나는 동안 자존심 상해서 괜히 만났다고 후회하게 되지는 않을까.' 별별 생각을 하면서 쉽게 답변하지 못했지만 사실 정말 만나보고 싶었다는 것이 진심이었다.

부끄럽지만 여기서 한 가지 더 고백할 것이 있다. 우리는 보통 텔레비전을 통하여 북한 사람들의 이미지나 여러 가지 모습들을 접하게 된다. 여러분이 어떤 느낌을 받는지는 모르지만, 각자 느낌이 다를 수도 있겠지만, 북쪽 사람들이 필요 없이 자존심을 내세운다는 느낌은 누구나 한 번씩 가져봤을 것이다. 당시 나도 마지막 순간까지 자존심을 굽히지 말아야겠다는 생각을 했다. 남조선 남자와의 기싸움에서 절대로 밀리면 안 된다는 생각을 했었다. 호랑이에게 물려가도 정신만은 똑바로 차려야 한다는 속담을 되뇌면서 말이다.

그래서 만나는 주겠지만 요구 조건이 있다고 했다. 내가 어쩔 수 없는 처지여서 당신을 만나는 것이 아니라 당당한 관계로 만난다는 느낌을 어필하고 싶었던 것 같다. 암튼 만남의 조건으로 내가 내밀었던 첫 번째 요구사항은 '북한 정권에 대한 말은 하지 않는다'였다. 둘째로 '한마디라도 자존심 상하는 대화일 때는 즉시 자리를 박차고 일어난다'였다. 지금 생각해도 낯 뜨겁고 부끄럽고 민망하고 송구하기 그지없다. 가끔 그때 생각을 하면 혼자 있어도 얼굴이 달아오르고 등골에 식은 땀이 촉촉이 맺히곤 한다.

그 말을 전해들은 그분의 마음은 어떠했을까. 어쩌면 중간에서 중재하던 사람이 전해주지 않았을지도 모르겠다. 정말 전해주지 않았기를 지금도 바란다. 그렇게 마련된 만남이었다. 서로 마주했을 때의 첫 대화가 아직도 잊히지 않는다. 뙤약볕이 걷잡을 수 없이 내리쬐던 7월의 어느 날이었다. 날

씨가 더워서도 땀이 났지만 약속된 집에 먼저 와서 기다리고 있었던 나는 긴장이 되어 선풍기가 윙윙 돌아가는 속에서도 비 오듯 땀을 흘렸던 것 같다.

어떤 집에서 만났었는데, 내가 먼저 도착해서 앉아 있었고 조금 뒤 그 남조선 신사 분께서 자기 애인과 함께 들어왔다. 반가운 누군가를 만날 때 우리는 보통 조금은 정리 안 된, 허둥거리는 모습을 보이기도 한다. 그런 모습들 속에서 나를 대하는 상대의 마음이 얼마나 급하고 반가워하는지를 읽게 되는 경우가 많다. 그날의 만남이 그랬다. 그 남조선 신사, 최 씨 아저씨의 등장이 그랬다.

시골집은 보통 토방에 올라오면서 신발을 벗게 되어 있고 신발을 벗으면서 문을 열면 바로 방안과 연결되는 구조이다. 신발을 급히 벗는 듯한 소음이 밖에서 들렸고 곧바로 방문이 열리면서 보통의 아저씨와 다름없는 모습을 한 남자가 방안으로 성큼 올라섰다. 긴장해서 쳐다보는 나를 향해 매우 태연하고 자연스럽게 말한다. "와~ 오늘 진짜 덥네요, 그죠."

대답을 들으려고 하는 말은 아니었지만 자연스럽게 상대의 공감을 이끌어낼 수 있는 제스처와 표정에 놀라고 당황한 쪽은 오히려 나였다. 뭔가 근엄하고 팽팽하면서도 긴장한 순간을 예상했었는데 완전히 빗나갔다. 밀리면 안 된다는 생각에 나도 따라서 한마디 했다. "그렇죠? 너무 더워요. 오시느라 수고하셨습니다." 이렇게 대화가 시작되었고 금방 화기애애한 분위기가 되었다.

　　　　　방금 전까지 긴장했던 마음은 어디론가 사뭇 사라지고 나는 오래전 동네에서 같이 자랐던 동네 오빠를 만난 듯 편한 마음으로 대화를 나누었다. 지금도 그때 상황이 떠오를 때마다 어떻게 그렇게 순간적으로 분위기가 편해질 수 있었을까 하는 생각이 든다. 아마도 이런 것이 '동포애의 정'이라는 것일까. 5,000년의 유구한 역사를 가지고 있고 같은 피가 흐르는 우리가 아니던가. 그래서 쉽게 마음이 열리고 스스럼없었던 것이었으리라. 신발을 벗으면서 툭 던진 최 씨 아저씨의 한마디, 어제 만났던 고향 동생을 오늘 다시 만나는 기분으로 나를 쳐다보던 그 눈빛에 몇십 년 얼어 있던 나의 마음이 사르르 녹았던 것이리라.

　　　　　그분께 감사했다. 대화를 나누는 동안 내내 '남조선 사람들이 이렇구나. 그냥 우리와 다름없네. 무섭지도 않고, 나를 무시하지도 않고. 그냥 동네 오빠 같구나. 어디서나 볼 수 있는 우리네 모습과 똑같구나'라고 생각했다.

그 일이 있은 후 지내고 있던 집 이모가 나를 백화점에 데리고 나가서 옷 한 벌을 사주셨다. 내 생각에는 주인집 형편으로는 살 수 없는 꽤나 비싼 옷이었고 게다가 나에게 그런 비싼 옷을 사줄 이유가 없었기 때문에 좀 의아했다. 하지만 이런 옷을 입어야 공안경찰들 눈에 이상하게 보이지 않는다는 이모의 설교에 마지못해 주는 대로 입었다. 옷이 날개라고 예쁘고 세련되게 입었더니 내가 딴 사람이 된 것 같았고 마음가짐이나 행동 가짐도 매우 자연스러워졌으며 나는 그렇게 연변 생활에 조금씩 적응해 갔다.

훗날 내가 그 집을 떠날 때 집주인이 나에게 고백했다. 사실 예전에 백화점에서 사준 비싼 옷은 '남조선 신사'가 사준 옷이라고 했다. 당시 최 씨 아저씨는 직접 나에게 돈을 주면 내가 자존심 상해할까 봐 주선했던 이모님께 돈을 주면서 좋은 옷 한 벌 사주라고 했다는 것이었다. 세심한 배려에 또 한 번 놀라웠고 고마웠다.

이 사람이 남조선 사람이다. 우리가 그토록 증오했고 미워했고 무서워했고 상종 못할 사람들이라 생각했던 바로 그 남조선 사람인 것이다. 최 씨 아저씨와의 짧은 만남을 통하여 나는 점차 남조선을 알아가고 싶고 이해하고 싶다는 생각을 하게 되었다. 짧은 만남이었지만 내 머릿속의 지난 교육을 과감히 버리고 새로운 남한의 모습을 담고 싶은 마음이 들 수 있게 해준 고마운 최 씨 아저씨. 그 후 전혀 소식을 모르고 있지만 그 인자한 모습이 남한 전체의 모습이길 바라고 그런 모습들이 나를 통하여, 또는 새터민들을 통하여 북한에 보이고 느껴지게 하여 남북한 대화와 화합을 이끌어낼 수 있기를 기대한다.

장관을 낙마시키는 나라에
매력을 느끼다

북한을 떠나 중국에서 3년을 살면서 한국행을 결심했다. 중국에서 몇 년간 체류하는 과정을 통하여 나는 그동안 알던 남조선과는 전혀 다른 대한민국을 알게 되었고 북한 또한 내가 알고 있는 것이 전부가 아니라는 느낌이 점점 더 짙어갔다.

2000년 초 중국에서 알게 된 대한민국은 북한에서 인식하고 있던 나의 예상을 확 뒤집어 놓았다. 텔레비전에서 보이는 대한민국의 모습은 황홀함과 놀라움 그 자체였다. 서울 시내에 즐비하게 늘어선 고층 건물들은 물론 뉴스에 보이는 사람들도 자유가 없는 곳, 핍박과 억압 속에서 살고 있는 사람들의 모습이 전혀 아니었다. 활기차고 여유가 느껴지는 모습은 나에게 남한에 대하여 좀 더 구체적으로 알고 싶은 욕심을 가지게 하기에 충분했다.

이렇게 시작한 것이 남한의 도서들을 읽는 것이었다. 북한에서는 전혀 접해볼 수 없었던 남쪽 도서들을 중국에서는 비교적 마음대로 볼 수 있었다. '중국은 사회주의 국가로서 북한하고 더 가깝게 지내는 줄 알았는데 어떻게 이렇게 많은 남한 문화가 들어와 있을까' 하는 의아함도 있었지만 책을 좋아했던 나는 읽을거리가 있다는 것에 우선 만족했다.

당시 중국 연변에서 가장 많이 접할 수 있는 남한의 서적은 소설이었다. 북한에 있을 때 내가 접했던 남한 소설이라면 재일본 총련에서 발간되는 〈시대〉라는 잡지 뒷부분에 연재되는 군부 독재를 반대하여 싸우는 투쟁 모습을 그린 소설이 전부였다. 그런 소설들을 어쩌다 읽으면서 남한이 독재 정부 때문에 살기 힘들구나, 많은 사람들이 억눌려 있고 두려움과 공포 속에서 하고 싶은 말도 제대로 못하고 살고 있구나 하는 생각을 많이 했었다.

남한 관련 책들이라면 장르를 가리지 않고 내 손에 닿는 대로 읽었다. 닭 기르기, 트럭 수리에 관한 책도 읽었

던 기억이 있다. 그런 책도 재미있느냐고 묻는 주인집 이모님의
의아함도 있었지만 우선은 책을 읽을 수 있다는 것에 만족했고
그것이 남한 책이라는 것에 만족했고 장르와 상관없이 남한을
이해할 수 있는 것이면 된다고 생각했다.

다양한 책을 읽어야 제대로 이해할 수 있다는
생각도 하면서 말이다. 그때는 그런 책도 참 흥미로웠던 것이
사실이다. 어떤 달에는 한 달에 50여 편을 읽을 때도 있었다. 특
별히 할 수 있는 일이 없고, 공안이 두려워 밖으로 함부로 다니
지도 못하고 집에만 있던 나의 유일한 낙은 책을 읽는 것뿐이었
다. 소설이 가장 많았는데 중국에서 접하는 남한 소설들은 멜
로, 추리, 추격, 휴먼 등 다양한 장르들이었다.

제목이 생각나지는 않지만 중국에서 읽었던 남
한 소설 중에는 한 부잣집 소녀가 가난한 집안의 남자 친구를
사랑하면서 집안의 반대를 무릅쓰고 결혼에까지 골인하는 내
용을 소재로 한 소설이 있었는데 나는 그 소설을 읽으면서 깊은
감명을 받았다. 어떻게 남조선처럼 황금만능의 자본주의 사회
에서 부잣집 아가씨가 돈보다 사랑을 택한다는 내용의 소설이
나올 수 있을까. 물론 소설은 현실이 아니지만 문학은 작품을
통하여 추구하는 목적이 있다고 생각하고 있었기 때문에 이런

소설이 출판될 수 있었다는 것은 이런 마음을 가지고 있는 사람들이 있다는 것, 그리고 현실 속에서도 있을 수 있다는 것을 의미하는 것이리라. 이것은 남조선 사회는 약육강식이 판을 치는 사회, 부익부 빈익빈의 사회라는 인식이 팽배해 있던 나의 머릿속에 전혀 새로운 느낌을 가져다주었다.

그 후 나는 오랫동안 북경에서 생활하게 되면서 남한에 대한 좀 더 넓은 지식을 얻을 수 있었다. 연변 쪽 시골 마을에 있을 때 내가 접했던 남한 문화는 단순히 텔레비전이나 소설을 통하여 보이는 모습, 한국에 돈 벌러 들락거리는 조선족 동포들을 통하여 얻어 듣는 일반적인 소식들이었다. 북경의 한국문화원이라는 곳에서 본격적인, 좀 더 구체화되고 세분화된 남한 문화를 알아가기로 작정하였다.

북경에는 한국문화원이라는 곳이 있다. 처음 한국문화원이라는 곳을 알게 되었을 때는 대사관 직원들이 드나드는 곳인 줄 알았다. 그러나 보통 외국 주재 문화원이라는 곳이 자기 나라의 정치, 경제, 문화, 습관 등 많은 것을 알리기 위하여 만들어진 곳이라는 것도 알게 되었고 또 해당 나라의 문화에 관심이 있는 사람이면 누구나 출입이 가능하다는 것도 알게 되었다.

처음 한국문화원에 갈 때 많이 떨렸다. 당시 나는 위조된 중국 주민증을 가지고 있었고 공식적으로는 중국 조선족 신분이었다. 언어나 억양도 중국 조선족과 같기 때문에 깊은 질문을 하지 않는다면 출입에 큰 문제는 없었다. 하지만 나 스스로가 북한 사람이라는 것 때문에 죄를 짓는 기분이었다. 솔직하지 못한 자신에 대해 미안한 마음도 있었지만 그렇다고 나를 공개하기는 더욱더 어려운 상황이었다. 나는 들키지 않는 한 끝까지 속이기로 결심하였다.

첫 날. 중국 조선족이라고 자신을 소개하고 북경 주재 한국문화원에 들어선 나는 솔직히 무엇부터 어떻게 해야 하는지 몰랐다. 한국에 대해서 많은 것을 알고 싶어 왔다고 얘기하고 무엇을 어떻게 하면 되는지 직원에게 물어봤다. 다행히 직원은 아무 의심도 하지 않고 나를 도와주었으며 한국영화를 시청하는 방법에서부터 인터넷을 통하여 한국을 알아가고 또 문화원에 비치되어 있는 서적들과 신문들을 볼 수 있는 방법들을 하나하나 가르쳐주었다.

나는 이곳에서 처음으로 이메일이라는 것을 만들게 되었고 나중에 모 신문사 기자에게 메일을 보내어 한국에 가고 싶다고, 한국에 갈 수 있는 길을 소개해 달라고 했었다. 물론 무작정 이런 메일을 보냈던 건 아니었고 당시 그 기자가 탈북자 관련 기사를 썼었고 기사 말미에 메일 주소가 있었기 때문이었다. 그 기자와는 그 후 한두 번 메일을 주고받았고 한국에 들어와서 만나기도 했었다.

한국문화원에는 〈조선일보〉, 〈중앙일보〉, 〈동아일보〉를 비롯하여 〈신동아〉, 〈월간조선〉 등 잡지들이 한국과 같은 시간에 배달되고 있었다. 중앙의 지시와 내용을 전체 맥락이 흐트러짐 없이 복사한 듯 쓰는 일방적인 보도에만 익숙해 있던 나는 여러 신문사 사설들이 같은 내용을 조금씩 다르게 설명하고 있던 것에도 굉장히 놀랐고 의아했다. 〈한겨레〉라는 신문만 없었는데 〈한겨레〉는 한국에 와서 하나원에서 정착 교육을 받을 때 처음 접했고 내용은 다 모르지만 신문 이름의 느낌이 참 좋다고 생각했다.

한국문화원을 다니면서 놀랐던 것 중 다른 하나는 신문이 매일 해당 날짜에 정확히 배달된다는 것이었다. '외국인데 어떻게 이렇게 날짜를 맞출 수 있지? 중국 현지에서 신문을 찍어내나? 이렇게 많은 신문을? 그러면 매 신문사가 다 중국에 하나씩은 있나?' 하는 생각을 할 만큼 나는 참 순진했던 것 같다.

당시 나의 관심은 한국영화(물론 영화에서도 굉장한 충격을 받았지만 그건 다음 기회에)나 드라마보다는 신문이나 잡지에 있었다. 영화는 이미 지난 것을 가져오기 때문에 문화적인 것을 이해하는 데는 쉬울 수 있으나 정보적인 가치는 없을 것이라 생각했다. 신문은 매일매일 새로운 것을 볼 수 있기 때문에 한국의 현 실정을 그대로 느낄 수 있을 것이라 생각되어 신문에 심취하기 시작하였다. 아침 8시 30분경 한국문화원 직원들과 함께 출근하여 문화원에 들어서면 점심시간도 아까워 점심을 건너뛰는 것이 보통이었고 저녁에는 문화원 직원들이 퇴근할 때까지 남아 있다가 아쉬움에 문화원을 떠났다.

북경 주재 한국문화원으로 다니던 때 나는 거의 매일이다시피 문화원 직원들이 출근하기 전부터 문 앞에서 기다렸고 퇴근 때는 내가 보던 신문이나 잡지들을 놓기 아쉬워하다 보니 문화원 직원들이 잠깐 더 기다려준 적도 한두 번이 아니었다. 아마도 그 사람들 입장에서는 나를 좀 이상하게 생각했는지도 모른다. 당시 그곳에 근무하시던 분들 중 누군가는 꽤나 이상했던 나를 기억하시는 분이 계실까?

아침 일찍 와서 저녁 늦게까지 그것도 영화 같은 것에는 전혀 관심이 없고 신문과 월간지들만 보고 있었으니 말이다. 새로운 일자리를 찾기 전까지 몇 개월간 그렇게 시간을 보냈다. 사실 일을 해서 먹고사는 걱정이 아니라면 그 생활을 계속하고 싶었으나 현실은 그렇지 못했다. 당시 내가 매일매일 신문을 보면서 느꼈던 생각은 남한이 생각보다 자유롭다는 것이었다. 때로는 단순한 자유를 넘어 자유분방해 보였다. 북한에서 일률적으로 지정해 내려 보내는 것만 받들고 그렇게 믿는 것에 세뇌되고 습관화 되었던 나는 신문에 소개되는 글 내용이나 흐름이 하나로 일관되지 않는 것을 보면서 정돈되지 않는 느낌이 들기도 하였지만 반대로 소신껏 자기 생각들을 얘기하고 있는 것이라 믿었다. 그리고 권력의 높은 자리에 있는 사람들에 대한 무자비한 비판과 여론을 반영한 단호한 경직 등은 모든 것이 통제되는 북한 사회에서는 감히 상상조차 할 수 없는 상황들이었다.

북한에는 가장 유명한 신문이 일간지인 〈노동신문〉이고 이마저도 아무나 볼 수 있는 신문이 아니라 당 비서를 비롯한 특정된 몇 명만 보는 신문이다. 물론 각 도별로 〈함경일보〉, 〈함남일보〉와 같은 일간지가 있고 초등학교 대상 〈소년신문〉이나 고등학교, 대학생을 대상으로 하는 〈민주청년〉 같은 신문들도 있기는 하지만 〈노동신문〉만한 권위를 가지고 있지 않다. 특정된 사람들에게만 배정되다 보니 신문 읽는 것을 좋아했던 나는 늘 아쉬움이 가득했다.

내가 근무하던 청진시 구역 병원에는 직원이 150명 정도 되는데 〈노동신문〉은 딱 1부가 당 비서용으로 배달된다. 매일 새벽 일찍이 배달되는 신문을 보기 위하여 나는 매일 아침 일찍이 출근해서 초급당비서실 청소를 자진해서 했으며 얼른 청소를 마치고 책상 위 신문을 읽곤 했다. 신문을 읽으면서 그날 당 비서가 꼭 봐야 할 사설 같은 것이 있으면 스크랩해서 당 비서 책상 위에 올려놓는다. 아침 조회시간에 당 비서는 내가 추려놓은 사설을 가지고 당에서 전달하는 내용이라고 직원들에게 말하곤 했다. 신문을 계속 읽게 해달라는 나의 아첨이기도 했다.

이후 신문을 읽고 스크랩하고 하던 이 과정이 내가 탈북을 결심하게 된 것에 결정적 영향을 미치게 된다. 그 이야기는 다른 기회에 언급하고자 한다. 그렇게 신문에 목말라 있던 나에게 북경 주재 한국문화원에서의 신문 구독은 별천지였다.

지금도 어렴풋이 기억나는 한 가지 일화가 있다. 아마도 2001년 여름이 아니었나 생각한다. 당시 대한민국에서 법무부장관이 새롭게 선출되었다. 그런데 장관 임명장을 받고 48시간이 되기 전에 경질되었다. 경질 이유가 무엇이었는지는 정확히 기억나지 않지만 어떤 문서가 유출되었는데 그에 대한 책임 문제였다.

48시간이면 사실 업무 파악도 제대로 되지 않았을 것이다. 그러나 당시 여러 언론의 분위기는 무서울 정도로 신임 법무부장관을 몰아세우고 있었다. 결국 장관에 임명된 지 2일만(언론에서 48시간 장관이라고 보도했던 것으로 기억한다)에 자리를 내놓게 되었고 대한민국 역사상 가장 짧은 장관 경력을 가진 인물로 낙인찍힌다.

신문에 소개된 이 기사를 읽으면서 남조선이라는 나라가 그동안 내가 알고 있었던 권위적이고 독재적인 나라라는 인식에 혼란이 생겼다. 장관이라면 나라의 큰 인물이고 그 위치에 있는 사람의 권한은 막강할 건데 국민 여론은 물론 언론에 의해 해임될 수도 있다는 것은 무소불위의 국가 권력의 틀 속에서 오랫동안 복종하는 것에만 습관 되어 왔던 나에게 매우 신선한 충격을 주기도 하였다. 한편으로 언론이 참 무섭다는 생각도 들었다.

당시 〈월간조선〉이나 〈신동아〉 같은 잡지들도

매우 흥미로웠다. 내가 전혀 상상도 못 했던 북한 실상의 구체적인 이야기들뿐 아니라 남한의 여러 가지 상황들, 얼핏 생각해도 일반인들이 쉽게 접할 수 없는 여러 가지 정보적 가치가 있는 내용들을 아주 구체적으로 소개한 글들을 읽으면서 남조선이라는 나라는 비밀이 없구나 하는 생각이 들었던 것이다. 북한과 관련된 내용들이 나올 때는 '거짓말하고 있네, 자기들이 북한을 얼마나 알아서' 하는 생각이 들기도 했지만 점차 빨려 들어가면서 북한을 진심으로 냉정하게 들여다보기 시작한 계기가 되었다.

나는 자유라는 말을 입에 올려보지 못했고 정확하게 그 의미를 알아보려고 하지 않았을 만큼 자유에 대해 깊이 생각하지 못하고 살아왔었다. 그저 무료로 교육받고 무상으로 치료받을 수 있으면 그것이 자유를 마음대로 누리고 있는 것이라 생각했다. (적어도 내가 공부하던 시기 정도까지는 북한이 그러했다.) 하지만 한국문화원에서 접할 수 있었던 한국의 모습은 나에게 진정한 자유라는 것에 대해서 다시 생각해보게 하였고 자유란 어떤 것이고 나는 지난 기간 얼마만큼 자유를 누릴 수 있었는지에 대해 성찰해볼 수 있었다. 물론 자유를 위하여 내가 지켜야 할 의무나 법적 규제도 있을 것임도 생각하게 되었다. 자유만 생각했다면 아마 남한으로 올 생각을 하지 못했을 수도 있다.

한국문화원에서의 정보는 나에게 한국에 대한 환상만 심어준 것은 아니었다. 나의 판단으로는 별로 바람직해 보이지 않는 모습들도 충분히 있었다. 지나친 자유스러움이 때로는 무질서하게 느껴질 때도 있었고 임명된 지 이틀 만에 해임되는 장관의 모습을 보면서 '언론이 무례하다'든가 '사회가 무례하다'는 생각을 하기도 하였다. 규정된 틀 속에서 정부가 하는 일은 무조건 옳다는 인식으로만 살아왔던 관념 때문이기도 했으리라.

법무부장관이라는 높은 권력을 지닌 사람이 하루아침에 낙마하는 공포스러운 모습이 단지 자유나 민주적이기 때문이라면 말이다. 하지만 나는 법무부장관은 높은 권력을 가지고 있었기 때문에 반드시 행해야 할 의무를 망각할 수도 있지 않았을까, 그에 대한 책임 때문에 낙마한 것일 수도 있으니 나는 내가 준수해야 할 의무를 잘 지킨다면 나한테 주어진 권리를 자유롭게 누릴 수 있지 않을까 생각했다.

법무부장관까지 낙마시킬 수 있는 현실에 다소 공포감이 들기는 했지만 평범한 사람인 내가 개인으로서 나한테 부여된 평범한 권리만 요구하고 권리 주장에 대항하는 의무만 잘 지킨다면 내가 사는 것은 큰 문제없을 거라는 생각을 하기도 했다. 하지만 그것보다 나의 뇌리에 더욱더 강한 자극을 남길 수 있었던 것은 국민들이 자기 생각을 북한보다 아주 자유롭게 표현할 수 있는 곳이라는 것이었다. 이리 하여 나는 대한민국에 가서 살고 싶다는 생각을 하게 되었고 결국 한국행을 준비하게 되었다.

80년대 대학생,
나는 처음 남조선을 알았다

　　　　　내가 텔레비전을 통하여 처음 남조선 상황을 보게 된 건 1980년 5월이었다. 물론 그 전 해인 1979년 10월 27일 아침의 분위기도 잊을 수 없다. 북한의 조선중앙텔레비전에서는 굳은 표정의 아나운서가 박정희 전 대통령의 시해에 대하여 격앙된 목소리로 보도하고 있었다. 어른들이 하는 이야기를 들어도 뭔가 분위기가 심상치 않았고 긴장과 함께 또한 설렘과 기대 같은 것도 느껴졌다. 학교에 온 학생들도 들뜨기는 마찬가지였다. 아직은 좀 어렸던 우리는 남북한이 당장 통일되는 줄로 생각되어 흥분한 채 수업 준비도 하지 않고 끼리끼리 모여 각자 어른들에게서 들은 이야기로 목청을 돋우고 있었다.

며칠이 지나고 나니 언제 그랬느냐 싶게 모든 것이 조용해지고 정상으로 돌아가는 것이 이상하다는 생각도 했었다. 박정희가 죽었는데 왜 통일이 안 되지? 왜 이렇게 조용하지? 진심으로 의아했다.

그렇게 겨울이 지났고 이듬해 봄 1980년 5월에는 텔레비전을 통하여 처음으로 남한을 보고 있었다. 당시는 학생이었고 실감나지는 않았지만 5월 17일 저녁 뉴스에서부터 뭔가 분위기가 급박하다는 느낌이 들었다. 그렇게 나는 5월의 광주 10일간을 공포와 경악 속에서 가슴 졸이며 지켜보았다. 이후 남한 민주화의 정점이라 할 수 있었던 86년, 87년 여름을 대학생 신분으로 남조선 대학생들과 마음으로 함께했다. 이 무더운 폭염에, 저 뜨거운 아스팔트길에 누워 있는 대학생들과 직장인들의 모습을 보면서 남조선 사람들의 삶이 빨리 안정화 되었으면 좋겠다고 생각하면서 정의로운 싸움을 하고 있는 대학생들을 응원했다.

곳곳에서 터지는 최루탄과 뽀얀 화약 연기, 피 터지는 아우성 위에 휘둘리는 곤봉, 이 모든 것이 빨리 사라져야 할 텐데, 빨리 통일이 되어서 저들도 우리처럼 '자유를 누리며 행복하게 살아야 할 텐데' 하는 것이 당시 내 머릿속 생각이었다. 20대의 젊은 측이 발동한 것일까. 그런 속에서도 머릿속에 번뜩이는 의문이 있었다. 그것은 데모하는 대학생들이나 노동자들의 모습이 상당히 자유롭고 여유로워 보였다는 것이다.

　　　　　같은 옷을 입은 학생이 한 명도 없다는 것이 제일 먼저 눈에 띄었다. 항상 같은 색상, 같은 디자인의 단체복만 입는 모습에 익숙해 있던 나에게 그 많은 대학생들이 모두 다른 색상, 다른 디자인의 옷을 입었다는 것이 굉장히 자유로운 모습으로 비쳤다. 게다가 손목에 시계를 찬 학생들도 의외로 많았다는 데 놀랐다. 당시 북한 대학생들 사이에서는 손목시계가 일종의 부의 상징이었다. 남한은 북한보다 못사는 줄 알았는데 많은 대학생들이 손목에 시계를 차고 있다는 것은 상당히 충격이었고 이런 남조선이 진짜로 어떤 사회일까 하는 궁금증이 일면서 굉장한 호기심을 자아내기도 했다.

　　　　　의아함은 대학생만이 아닌, 노동자들의 모습에서도 느껴졌다. 살기 힘들다, 월급을 올려 달라, 노동 현장의 작업 조건을 개선해달라고 파업하는 노동자들의 얼굴이 하나같이 북한 노동자들의 얼굴보다 기름기가 돌고 혈색이 좋고 아주 건강해 보였다는 점도 역시 이해 안 되는 부분이었다.

　　　　　'어? 이럴 수가? 뭘까?' 의문이 생겼지만 당시

나의 사고로서는 거기까지였다. 더 이상 생각을 진척시킬 수가 없었고 깊이 생각해보려는 심리 그 자체만으로도 당 앞에, 국가 앞에 죄를 짓고 있는 것이라는 생각이 들었다. 당시 북한의 상황 속에서는 오래된 세뇌 교육으로 인하여 이러한 생각들의 폭을 넓혀 나갈 수가 없었다. 지금까지 받아왔던 교육에서는 언제나 북한이 최고였고 우리보다 더 좋은 삶의 형태를 가진 그 어떤 나라도 세상에 존재하지 않았다. 이런 교육에 세뇌되어 있던 나의 머릿속은 이미 그 이상의 사고를 넓혀나갈 수 없을 만큼 좁혀져 있었고 또 거기에 멈춰져 있었고 거기에 굳어져 있었다. 더 깊이 생각한다는 것은 상상도 할 수 없었고 더 깊이 생각해 보려는 마음을 갖는 것 자체가 죄의식을 가지게 하였던 것이다. 생각할 필요조차 없다고 애써 무시해버렸지만 기존에 가지고 있던 인식과 눈앞에서 보이는 모습들 사이의 이해할 수 없는 간격은 20대 초반 북한 대학생의 머릿속에 오랫동안 잔상으로 남아 있었다.

이후 남한을 좀 더 다른 각도에서 생각하게 되었던 계기는 1989년 제13차 평양 세계청년학생축전에 왔던 당시 21살의 임수경 씨 모습에서였다. 짧고 경쾌한 단발머리에 몸을 날렵하게 할 것 같은 '나이키' 운동화(물론 그때는 그 운동화의 브랜

57

드명도 몰랐지만 이후 북한에서는 나이키라는 이름이 퍼지게 되었다) 발목 쪽으로 폭이 좁아지는 푸른색 청바지에 깔끔하게 받쳐 입은 흰 티셔츠는 당돌하면서도 생동감 넘치는 남조선 여대생의 모습을 충분히 보여주었다.

당시 그녀는 놀랄 만큼 당당했고 자유롭고 발랄한 모습이었다. 남조선에서 온 같은 또래 여대생의 이렇게 톡톡 튀는 모습은 답답하고 무겁고 틀에 갇힌 조직 생활에 익숙해 있던 북조선 여대생의 눈과 마음을 황홀하게 자극하고도 남았다. '남한이라는 사회가 무겁고 침침하고 삭막한 줄 알았는데 어떻게 저렇게 자유롭고 편안해 보일 수가 있지?' 하는 생각은 몇 해 동안 조금씩 싹터왔던 남한 사회에 대한 궁금증에 큰 구멍을 남기면서 의문에 의문을 더해 갔고 자연스럽게 남한이라는 사회에 대한 작은 호기심의 불씨를 마음속에 던지기에 충분했다.

자유가 없는 곳이라고 생각하고 있었던 남조선에서 온 여대생, 제13차 세계청년학생축전의 개막식장에서 한 치의 긴장도 없이 당당하고 발랄한 모습으로 몇십만 군중의 환호에 환하게 웃으며 화답하는 여유로움은 자유가 없는 곳에서 온 남조선 대학생이라고 생각하기에는 너무나도 충격적이었다. 북조선에 왔기 때문에 인위적으로 보여주려는 모습이 아닌, 그 순수한 자유로움은 몸에 밴 것으로 느껴졌다.

　　　　말이 나왔으니 말이지 임수경 씨에 대한 일화들도 많았다. 당시 그녀는 평양의 여러 대학들을 찾아 북한 대학생들과 만남을 가졌던 걸로 알고 있다. 김일성 종합대학인가 김책공대인가 남학생들이 많은 대학에서의 일이다. 임수경 씨는 이야기 도중 한 남학생에게 앞으로 나오라고 했단다. 지명받은 남학생이 많은 학생들과 책상 사이를 빙 돌아서 나오자 임수경 씨는 호탕하게 웃으면서 무슨 남자가 그렇게 쪼물짝하게 <small>(목표나 규모 따위가 크지 못하고 보잘것없다는 뜻의 북한어)</small> 행동하느냐고, 책상을 훌쩍 넘어오라고 하면서 자신이 직접 뛰어넘는 시범까지 보였다고 한다. 그 자리에 있던 북한 남학생들은 손뼉치고 웃으며 놀라워했다는 후문이다.

　　　　이런 일화들을 전해 들으면서 나는 '이건 자유로운 걸까, 아니면 방자한 걸까' 잠시 헷갈리기도 했다. 하지만 지금 그 행동의 예의 여부를 따지려는 건 아니다. 당시 그녀의 말과 행동들은 나뿐만 아니라 북한 대학생들의 입장에서는 당당하고 당돌해 보였고, 꾸밈없고 자유로워 보였던 건 사실이다. 나는 개인적으로 임수경 씨 때문에 남한에 대한 생각을 참 많이 했던 것 같다.

평양에서 열린 제13차 세계청년학생축전에 전
대협 대표 자격으로 참석했던 그녀는 1989년 8월 15일 문규현
신부와 함께 판문점을 통과해 한국으로 돌아갔다. 돌아가기 전
판문점에서 북한 대학생들과 며칠간 단식도 했다. 이 단식에는
당시 나의 남자친구도 함께했었다. 당시 우리는 판문점을 통과
해서 남한으로 가려는 임수경 씨의 의사를 남한에서 받아들이
지 않아서(판문점 통과에 대한 불허) 단식을 했던 걸로 알고 있었는데,
한국에 오니 당초 7월 27일 전승의 날에 내려오려고 했었는데
북한에서 만류한 것이라고 한다. 어느 쪽이든 한쪽이 거짓말이
기는 하겠지만, 왜 거짓말을 하는 것일까.

암튼 그것이 중요한 건 아니고 문규현 신부와
함께 판문점을 통과한 임수경 씨는 곧바로 안기부로 연행되었
다. 판문점의 녹음이 우거진 나무들 사이로 보이지 않을 때까지
손을 흔들던 모습이 오래도록 잊히지 않았다. 아니 잊고 싶지
않았다. 그렇게 남한으로 가면 곧 이 세상 사람이 아닐 것으로
생각되어 안타깝고, 안쓰럽고, 걱정되는 마음에 오래 간직해야
겠다고 생각했다.

하지만 이후 북한에서 들었던 소식에 따르면

임수경 씨는 남조선에서 3년형을 받았고 감옥 생활을 하고 있으며 가족과 상봉하고 오빠의 자녀인 조카 이름을 '하나'라고 지어주기도 했다는 등 육체적 자유가 조금 구속되었다는 것뿐이지 우리가 상상하던, 처참하게 목숨을 잃게 되는 상황과는 너무나도 거리가 먼, 우리 관점에서는 매우 자유롭게 생활하고 있었다. 그때 정말 충격이었고 놀라웠다. 북한이라면 도저히 상상할 수도 없는 상황이었다. 국가를 배신하고 국경을 넘어갔으며 온갖 선전을 하고 온 사람을 겨우 3년 감옥 생활로 마무리 짓는다는 것에 우리가 교육받았던 그런 사회와는 거리가 있다는 생각을 다시금 하게 되었다. 달랐다. 뭔가 달랐다. 내가 알고 있던 것이 전부가 아니었다. 내가 상상하던 무서움과 폭력과는 굉장한 거리가 있다고 느꼈던 남조선이었다.

　　　　　아이러니하게도 나는 가끔 친지들에게 내가 한국행을 결심하게 된 것에는 임수경 씨의 역할도 있다고 농담 삼아 이야기하기도 한다. 어쩌면 사실이기도 하다. 이후 1991년 가을부터 시작된 식량난에 이어 경제적인 어려움까지 겹치면서 생각의 폭은 중단되었고 남조선은 더 이상 나의 관심이 아니었다. 병원 생활이 바빴고 나름대로 열의를 가지고 본업에 충실하고 있었다. 하지만 그 후 다시 한 번 남조선 사회에 대한 인식을 달리 가졌던 때가 있었다.

그것은 1993년도가 아니었나 생각한다. 당시 남조선에서 비전향 장기수로 40여 년을 수감 생활하고 있었던 이인모 씨의 판문점 북송 모습의 실황 중계를 보면서였다. 몇십 년을 감옥에서 옥고를 치르며 비전향 장기수의 삶을 살아온 이인모 씨가 그 몇십 년 동안 전향하지 않고 신념을 지켜왔다는 것은 북한에 대한 충성심의 발현이고, 이런 영웅을 당연히 북한으로 모셔와 여생을 편안하게 지낼 수 있도록 국가적인 책임을 다한다는 것이었다.

1993년 3월이었다고 기억한다. 이인모 씨의 북한으로의 송환 과정을 텔레비전을 통하여 시청하면서 더욱더 나의 가슴을 뛰게 했던 장면은 감옥에서 나온 이인모 씨를 2년 8개월간(당시 텔레비전에서 그렇게 들었던 것 같다) 돌봐주었던 한 중년 부부의 모습이었다. 그는 남한에 혈육이 전혀 없는 혈혈단신이다. 연세도 많으신 그분을 친자식처럼 돌봐주셨다는 중년 부부가 북한 텔레비전에 방영되었다. 나의 인식 속 남조선은 황금만능의 사회였고 돈이 없으면 제대로 사람 취급을 받을 수도 없는 사회였다. 연세도 많고, 돈 한 푼도 없을 노인을, 그것도 정치성향이 달라서 몇십 년간을 감옥 생활하다 나온 사람을 자식이 부모 모시듯이 돌봐주었다는 것 자체가 믿기지 않는 상황이었다.

더 놀라운 것은 그분들이 자신의 집에서 돌봐 드린 것은 물론 뇌수술도 시켜드렸다는 것이었다. 가볍게 생각해봐도 뇌수술은 가벼운 수술이 아니어서 수술비가 만만치 않게 들었을 텐데. 자비로 수술비를 대면서 수술을 시켜드리다니. 게다가 그걸 갚을 능력도 안 되는 사람에게. 사실일까. 정말 남조선이 그렇게 인간미가 넘치는 사회일까. 이해되지 않았다.

이인모 씨가 북송될 때 판문점까지 배웅을 나왔던 중년 부부의 푸근하고 인간적인 모습, 부모를 떠나보내는 아쉬운 마음으로 배웅하는 모습 속에서 가식적인 느낌은 전혀 느껴지지 않는 진심이 흘러나오고 있었다.

'아, 남조선에도 인간성이 좋은 사람들이 살고 있는 모양이구나.' 이렇게 남조선에 대한 인식은 나의 머릿속에 뭔가 알 것 같으면서도 알 수 없는, 너무너무 궁금하지만 더 알게 되면 안 될 것 같은 묘하고 모순되는 마음으로 자리하게 되었다. 이후 북한 사회에서는 '고난의 행군'이 시작되었고 나 자신도 살아내야 했고, 내가 맡은 환자들도 살려내야 하는 피 말리는 생존경쟁에 휘말려 들어가 더 이상 그에 대한 생각조차 넓혀 나갈 수가 없게 되었다.

내 인생의 역사적인 그날, 3월 27일

63

하지만 이러한 모든 과정들로 인하여 나의 마음속에는 무서운 남조선으로부터 내가 좀 더 알아야 할 부분이 아주 많은 남조선으로 점차 자리하고 있었던 것이었다.

노동당원 아버지의
딸을 위한 선택

아버지는 오랜 기간 '노동당원'이셨다. 아버지의 32년간 당 생활은 진실과 책임과 참됨이 모두 녹아 있는 본보기의 삶이었다. 늘 당과 국가가 먼저였고 개인보다 전체 이익을 위한 일이 우선이셨다.

한국에서는 북한 노동당원이면 굉장한 권력층이라 생각하지만 전혀 사실이 아니다. 왜냐하면 당원에도 급(직급)이 있기 때문이다. 당원들을 통제하는 사람은 비서이다. 비서는 가장 말단인 당 세포 비서와 2~3개의 세포가 모여 이루어진 부문 당 비서, 몇 개의 부문 당이 모여 구성된 초급 당 비서, 그리고 기타 상급 당 비서들이 있다. 초급 당 비서부터 유급 당 비서이며 여러분이 생각하는 바로 진짜 당 비서가 바로 이들이다.

평범한 일반 당원인 경우 사실 당원이라는 소속감 때문에 당을 위하여 몸이 부서져라 열심히 일해야 한다. 그렇다고 특별히 급여를 많이 주는 것도 아니기에 단순히 명예뿐이다. 예전에는 이 명예 때문에 당에 입당하는 것을 인생 최상의 과제로 생각했지만 최근 북한에서는 당원이 되는 것을 그렇게 선호하지 않는다. 왜냐하면 당에 입당하면 일만 많이 해야 하고, 시간은 시간대로 자유롭지 못하기 때문이다.

남녀가 선을 볼 때 첫 번째 질문이 "당원이요?"라고 묻는 것일 정도로 당원에 대한 북한 사회의 열망과 신뢰는 대단했었다. 초급 당 비서 이상의 당 비서인 경우 권력을 거머쥘 수 있기 때문이다.

나의 아버지가 바로 당원 중 최말단 단위인 당세포 비서셨다. 권력층도 아니고, 보상도 없었지만 당원이라는 명분 하나를 갖고 최선을 다해 그 사회를 섬기셨다. 나는 그런 아버지를 존경하며 살았던 딸이었다. 사실 아버지 삶의 마지막은 일반적이지 않았다. 자살을 선택하신 것이다. '북한 사회에서 자살이 가능해?'라고 되물으며 이해되지 않는다고 하시는 분들이 분명 계실 것이다. 북한은 어떤 이유이든 자살을 허용하지 않기 때문이다. 스스로 삶의 끈을 놓는다는 것을 국가 권력에 대한 불신, 배신이라 여겼던 것이다. 심한 경우 반역자 딱지가 붙기도 했다. 그래서 북한 사회에는 자살이 거의 없다.

1994년 7월 8일. 북한의 정신적 지주였던 '김일성의 사망'이 전 국민에게 알려졌고 이 사건은 엄청난 충격으로 북한 인민들을 패닉 상태에 빠뜨렸습니다. 김일성은 영원히 죽지 않을 거라고 생각했었거든요. 그야말로 신이었죠.

당시 아버지는 뇌출혈 후유증으로 의식은 명료하나 거동은 전혀 할 수 없는 상태였습니다. 자리에 누워서 김일성 사망 소식을 접한 아버지는 "하늘의 태양이 사라졌는데 하찮은 내가 살아서 어떡하냐"라고 한탄하셨습니다. 여기서 '하찮은 내가'라는 의미는 당원이시고 누구보다 그 사회에 열심이셔야 할 당신이 뇌출혈 후유증으로 나라에 아무런 도움도 주지 못한다는 미안함의 의미였습니다.

그러던 어느 날 아버지는 저를 부르시더군요. 그러시고는 편지 한 장을 주시면서 저희 병원 초급 당 비서에게 가져다주라고 하셨습니다. 당시 저와 아버지는 같은 병원에 근무하고 있었고 아버지는 병원에서 허드렛일을 하던 중 뇌출혈로 쓰러지셨던 상태였으니 아버지의 직속 당 비서는 저희 병원 초급 당 비서가 되는 것입니다.

그때 당 비서에게 쓰신 아버지 편지에는 당 앞에 자신의 마지막 당 생활을 총화하심과 함께 자신의 막내딸(저입니다)을 당에 바치겠으니 당에서 잘 키워달라는 내용이었습니다. 나는 아버지의 유서 같은 편지를 읽으면서 사실 깊은 감동을 받았습니다. 아버지가 평생을 헌신하여 온 당에 자신의 딸을 바친다는 이런 표현, 이런 편지는 당시 입당을 준비하고 있었던 나에게 굉장한 영향력을 미쳤기 때문입니다.

그로부터 며칠 후 아버지는 또 다른 한 장의 편지를 주셨고 거기에는 중국에 살고 있는 친척들의 주소가 적혀 있었습니다. 영문을 몰라 하는 저의 두 손을 꼭 잡으시고 근심과 고뇌에 찬 눈빛으로 말씀하셨습니다.

"너무 악착같이 버티지 말고 힘들면 이곳을 떠나라. 벗어날 수 있는 방법을 찾아봐라. 너는 좀 다른 삶을 살았으면 좋겠다. 너를 이렇게 홀로 남겨두고 가게 되어 무척 마음이 무겁구나."

상반되는 내용의 두 장의 편지. 당에는 딸을 바친다고 하시고, 딸에게는 이곳을 빠져나가기를 은밀히 권고하시다니. 이해할 수 없는 조언이었습니다. 평생 성실하게 살아오신 아버지는 제가 정말 존경하는 분이셨고 그 뒤를 이으려고 당원이 되려는 목표를 가지고 살아가고 있는 저에게 아버지가 하시는 이해할 수 없는 말씀, 이중적인 모습은 충격과 혼란 그 자체였고 아버지한테 심한 배신감마저 들었습니다. 많은 것을 여쭤보고 싶었지만 그 말씀을 저한테 하시고 바로 식음을 전폐하셨습니다. 물 한 모금까지도 거부하시면서 눈감고 입을 꾹 다물고 계시던 아버지에게서 이후 그 어떤 대답도 들을 수 없었습니다.

그렇게 아버지는 제 곁을 떠나셨습니다. '왜 이러시냐고, 이유가 무엇이냐고, 이해할 수 있게 말씀 좀 해달라'고 하소연했지만 단 한마디도 답변하지 않으시고 삶을 놓아버리셨으며 이후의 모든 선택을 저한테 맡기셨습니다. 원망, 배신, 실망, 그리고 허무함. 무너져 내리는 복잡한 감정을 느꼈지만 당시 환경은 제가 그 상황에서 멈출 수 없을 만큼 현실로 내몰았습니다. 당시 소아과 입원실 의사였던 저는 매일 생사를 오가는 아이들과 그야말로 사투를 벌이고 있었던 것입니다.

그로부터 몇 해 후 북한을 떠나기로 결심하였을 때, 떠나지 않으면 안 되게 되었을 때에야 비로소 그렇게 간곡하게 당부하셨던 아버지의 뜻을 조금이나마 이해할 것 같았습니다. 일생을 바치셨던 사회, 몸과 마음을 다하여 진실 되게 섬기셨던 북한 사회의 모순을 아버지는 저보다 훨씬 이전에 간파하셨던 것이 아닐까 생각합니다.

사랑하는 딸을 당에 바치고 싶다고 했던 첫 번째

70

편지는 그 사회에서 딸의 성공을 위해서였을 거고, 그 길이 원활하지 않을 경우를 대비해 과감히 미련을 버리고 다른 선택을 할 수 있도록 두 가지 가능성을 염두에 두셨던 것 같습니다. "기회가 된다면 이곳을 떠나라. 너를 홀로 남겨두고 먼저 가는 것이 마음에 걸리는구나." 자신이 일생을 바쳤던 사회에서 딸도 뒤뜰 안의 잡초처럼 스러져갈까봐 무척 걱정하셨던 것입니다. 혹시나 딸에게 기회가 없어서 이 사회에 그냥 남게 된다면 딸의 미래에 다소나마 도움이라도 될까 마음 쓰시어 당에는 내심 마음에 없는 편지를 남기신 것이 아닐까, 아버지 진심은 딸이 그 땅을 떠나기를 바라신 것 아닐까요?

　　　　하지만 아버지는 딸에게조차 자신의 마음속을 비치지 않으셨으며 자칫 젊은 혈기에 잘못 행동하다가 위태로운 상황에 이르게 될까봐 걱정되셨던 것 아닐까 싶어요. 고집이 좀 세고 하나에 꽂히면 완강하게 한 곳으로만 직진하는 나의 성격을 고려해 어떤 이유도 말씀하지 않으셨고, 또 당시에는 제 삶이 어떤 방향으로 흘러갈 지 전혀 예측할 수 없었던 상황이라 여러 선택의 기로에 섰을 때 제가 좀 더 쉽게 선택할 수 있도록 미리 준비할 수 있게 해주신 거라 생각합니다. 제 머릿속에 오랫동안 남아 있고 깊은 생각을 불러올 수 있게 할 자신의 삶을 놓아버리는 방식으로 충격요법을 쓰셨다는 생각도 듭니다. 아버지의 그런 선택이 아니었다면 저는 여전히 당에 충성하는 삶을 살고 있었을지도 모르지만 아버지의 죽음은 힘들었던 당시 현실에서 문득문득 저한테 많은 생각을 하게 하여 상황을 판단할 수 있게 돕는 계기가 되었습니다.

어떤 부모님도 쉽게 하실 수 있는 선택이 아니겠지요. 얼마나 고충이 크셨을지 생각만 해도 마음이 아픕니다. 32년간 성실하게 당 생활을 하셨던 아버지께서 현실과 이성 사이에서 얼마나 갈등하셨을지, 당시 북한 분위기에서 아버지의 갈등이 얼마나 크셨을지 이제야 알 것 같습니다. 딸에게 명확하게 콕 찍어서 답변해줄 수 없었지만 기회가 왔을 때 미련 없이 스스로 결정할 수 있도록 폭넓은 선택의 길을 열어주신 아버지의 딸에 대한 사랑이 듬뿍 스며 있는 '숭고한 희생'으로 기회가 주어졌을 때 북한을 떠날 수 있었고 오늘에 이를 수 있었습니다.

제 삶이 만족스럽고 제가 만들어가는 미래가 설레고 뿌듯하고 희망적임을 알기에 저를 이곳까지 이끌어주시고 밀어주시고 지탱하게 해주신 아버지, 존경하고 사랑합니다. 아버지는 32년 열성 당원으로서의 미련을 과감히 버리고 사랑하는 딸의 미래를 선택하셨습니다.

'일용직 아버지의 교육' 덕분에
의과대학에 가다

어느 자식에게나 부모님에 대한 추억은 부모 자식 간의 단순한 사랑 그 이상이 있을 것이다. 그 추억이 상황에 따라 기쁜 추억일 수도, 아픈 추억일 수도 있지 않을까. 나한테도 아버지는 늘 미안함과 고마움이 혼재된 추억으로 간직되어 있다.

아버지는 일용직 노동자였다. 평생 건설 현장에서 벽돌 쌓고 창문틀 달고 수평을 정확히 맞춰서 건물 바닥을 미장하는 고급 기능공이셨다. 어느 날 건설 현장에서 사고가 나면서 다리를 다친 아버지는 육체의 균형을 제대로 잡을 수 없을 정도로 장애 판정을 받게 되었다. 이후 내가 있던 병원에서 보

73

일러도 관리하시고 수술 후 나오는 피 빨래도 씻으시는 등의 허드렛일을 하고 계셨다.

당시 나는 같은 병원 소아과 입원실을 맡은 의사였으니 아버지와 같은 병원에서 근무하고 있었다. 점심시간에도 여유가 있을 때 아버지께서 일하시는 곳 옆의 작은 휴게공간에서 잠깐씩 낮잠을 자기도 했고 피 묻은 붕대를 손으로 세탁하고 계시는 아버지 앞에 앉아 도란도란 이야기도 주고받곤 했었다. 허드렛일을 하시는 아버지가 부끄러웠던 적은 한 번도 없었다. 오히려 자랑스럽게 느껴질 때가 많았다. 아버지가 계신 좁은 공간이 나에게는 편안하고 따뜻한 휴식의 공간이었기 때문이다.

일용직 아버지가 자랑스러웠던 데는 이유가 있었다. 아버지는 일본어와 중국어, 그리고 러시아어에 아주 능통하셨다. 해방 전에 중학교를 중퇴하셨으니 일본어는 당연히 잘하셨다. 북한으로 귀국하시기 전까지 중국 길림성에 살고 계셨으니 중국어 실력도 상당하셨다. 어릴 때 기억을 돌이켜보면 어린 언니와 내가 알면 안 되는 대화를 나누실 때 부모님께서는 중국어와 일본어를 아주 자유롭게 섞어서 대화하시곤 했다.

중국에 살고 계셨던 아버지는 해방이 되면서

북조선 평양에 김일성 종합대학이 세워졌다는 말을 듣고 공부를 하기 위하여 혼자의 몸으로 평양을 찾아가셨다. 하지만 어찌 된 영문인지 대학 공부는 못하고 죽지 않을 정도로 매만 맞고 돌아오셨다고 한다. 당시 할머니께서 멍이 든 아버지의 몸에 '인분'을 발라 독을 빼셨다는 이야기도 들었던 기억이 있다.

이후 아버지는 중국에서 소련으로 벌목을 가셨다. 공부에 대한 열망이 있으셨던 아버지는 소련에서 러시아어를 독학으로 금방 터득하셨고 당시 정식으로는 아니지만 통역일도 간간히 맡아 하셨다. 그러다가 한 간부의 발탁으로 소련에서 대학 공부를 하게 되었으니 당연히 러시아어는 수준급으로 잘하셨던 것이다.

평양에서 김일성 종합대학은 다녀보지도 못하고 소련에서 대학을 졸업하고 중국으로 돌아왔는데(당시 중국 길림성에 할머니, 할아버지, 고모, 삼촌들을 비롯하여 가족이 살고 있었다.) 당시는 중국과 소련의 관계가 나빠지기 시작하면서 소련과 연관된 사람들에 대한 탄압도 있었다고 한다. 게다가 위가 많이 안 좋으셨던 아버지는 북한에서 병원 치료는 무료라는 이야기를 들으시고 어머니와 언니를 데리고 북한으로 귀국하시게 된 것이다.

공부에 대한 열망이 많으셨던 아버지. 낮에는

일하시고 밤에는 청진에 있는 사범대학에 입학하시기로 한 것이다. 졸업을 몇 개월 앞둔 시점에 소련에 있다가 온 사람들은 성분에 문제가 있다고 보고 졸업증을 주지 않을 거라는 소문이 있었다고 하니 억울하고 화가 나서 대학교를 중퇴하셨다고 어머니로부터 전해 들었다. 그런 아버지셨으니 비록 건설 현장 노동자로서 허드렛일을 하셨지만 학문적 지식은 충분하셨던 것이 아닐까.

가끔 병원에는 러시아, 독일, 헝가리, 폴란드 약들이 납품되기도 했고 일반 주민들도 개별적으로 약을 구해가지고 와서 선생님에게 설명을 부탁할 때도 있었다. 담당 의사선생님들이 그 약품 해설을 하기 힘들 경우 늘 마지막에는 보일러공으로 일하시는 아버지에게 문의가 오곤 했다. 러시아어를 아주 잘하셨던 아버지는 동유럽 다른 나라 약병 해석도 충분히 하셨으니까. 그러니 내가 아버지의 딸임이 자랑스러웠던 것이다.

딸에 대한 아버지의 교육은 늘 한밤중에 이루어졌다. 어릴 때 나의 학업에도 아빠는 정말 지대한 영향을 주셨다. 평상시 아버지는 말씀이 정말 없으셨다. 원래 과묵하신 성격이셨는지, 살아오시면서 모든 것이 원하는 대로 되지 않아 스스로 감정을 마음속에 감추고 계셨는지 모르겠지만 줄곧 묵묵히 일만 하셨다.

그렇지만 나에 대한 관심은 늘 지극하셨다. 내가 공부를 잘할 수 있게 된 건 아버지 덕분이었다. 이불속에서 공부하다가 잠들고 아침에 일어나면 밤새 아빠가 곱게 깎아놓으신 연필들이 필통에 가지런히 놓여 있었고 책은 잘 정리되어 가방에 넣어져 있었다. 늘 마음은 단정해지고, 수업에 임하는 자세는 올바르게 정리되는 느낌이었다. 언제나 성실하게 수업에 임할 수 있었던 것이다.

수업 시작 전 숙제 노트를 펼치면 노트 한쪽 귀퉁이에 아버지의 흔적이 살아 있듯 스쳐 있었다. 숙제하면서 틀린 부분을 딸이 잘 알아볼 수 있도록 손수 하나하나 수정해서 여백에 남겨주셨던 것이다. 뭘 잘못했고 어떤 부분을 착각하고 있었는지 한눈에 깨달을 수 있게 정리되어 있었다. 그걸 보면서 나는 늘 '아, 틀렸구나. 이렇게 해야 하는 거였구나' 하고 느끼게 되었다.

한 번도 '왜 틀렸느냐, 왜 이것도 모르느냐' 하는 잔소리도 없었다. 늘 정성스럽게 남겨주신 흔적으로 딸이 스스로 잘못된 부분을 찾을 수 있도록 하셨던 것은 아닐까. 이것이 아버지의 교육법이었다.

나는 부모의 잔소리 없이도 자녀들을 공부시키는 방법에 대하여 이야기할 때면 늘 나의 부모님 에피소드들을 들려주곤 한다. 아버지의 교육법은 늘 나에게 자신감을 주었고 주눅 들게 하지 않았으며 내 마음을 든든하게 지탱해주는 힘이었다.

책갈피 여백에 남겨주신 아버지의 메모는
학업에 임하는 마음가짐이었고,
학업의 필요성을 느끼게 해주는 가르침이었으며,
미래를 개척하는 방법을 배울 수 있게 한 참된 교육이었다.

아버지의 정성스럽고 묵묵한 이끌림에 의해 나는 별로 악착같이 공부하지는 않았지만 학업에 대한 스트레스가 없었고, 공부를 편하게 대하고 차분한 마음으로 임할 수 있었다. 눈에 띄지 않게 공부해도 늘 성적은 상위권이었고 결국 의학대학까지 갈 수 있었다. '이렇게 해야 한다, 저렇게 해야 한다'는 권위적인 권고나 압박감을 주지 않으면서 딸을 잘 키워내시고 딸의 앞날까지도 멋지게 책임져주신 '일용직 나의 아빠는 내 인생 최고의 스승이자 축복'이다.

'아버지, 존경하고 사랑합니다.'

어머니에게 '하사'받은 가치관

'가난할지라도 비굴하지 말라'는 어머니께서 늘 하시던 말씀이었다. 언제부터인가 나한테는 '좌우명'이 되어 있었다. 한때는 좌우명이 뭐냐는 질문을 받으면 늘 이렇게 대답하곤 했던 것이다. 앞에서도 몇 번 언급했지만 아버지는 '일용직 노동자'이셨다. 직업에 귀천이 없다고는 하지만 일반적으로 귀하다고 인식되는 직업이 아닌 것은 사실이었다. 그러니 돈을 잘 번다는 것과는 한참 거리가 멀 수밖에 없었다. 그러다 보니 생활이 윤택하거나 우아하게 보일 정도는 전혀 아니었다. 어릴 때는 이러한 상황들에 위축될 법도 한데 어머니의 지속적인 가르침인 '가난할지라도 비굴하지 말라'는 말씀 덕분에 자존심 하

나로 버티어 왔고 지금도 잘 버티어 나가고 있는 중이다. 쟁쟁
한 의료인들 속에서도 병원 보일러공 아버지가 전혀 부끄럽지
않고 자랑스러웠던 이유도 어쩌면 어머니의 가르침 덕분이 아
닐까.

어머니, 하면 떠오르는 따뜻한 추억 몇 가지는
다들 있을 것이다. 추운 겨울, 학교를 마치고 덜덜 떨며 집에 들
어가면 이불을 펴놓았던 따뜻한 아랫목으로 이끄시던 손길. 살
포시 손을 넣으면 그 속에 김이 펄펄 나는 뜨거운 밥과 국이 몸
과 마음을 녹여주었다. 비 오는 날 우산을 들고 학교 문 앞에 찾
아오신 어머니를 먼발치에서 보고 빗물을 튀기면서 달려가 안
길 때는 세상을 다 가진 기분이었다.

그래서 지금 특별히 어머니에 대한 이야기를
좀 해보고 싶다. 사실 아버지보다 어머니의 영향을 많이 받기는
했다. 어머니는 참 현명하신 분이셨다. 근사한 살림살이가 아니
었음에도 불구하고 지혜와 총명으로 문제를 헤쳐 나가셨던 것
이다. 비굴하지 말라는 꿋꿋한 심지를 지니셨음에도 불구하고
상대를 함부로 대하거나 말씀을 함부로 하지 않으셨던 기억이
있다. 어른이 되어 많은 사람을 만나다 보면 마음에 드는 사람
도, 안 드는 사람도 있고, 대단하게 느껴지는 사람도, 하찮게 느

껴지는 사람도 있다고 늘 말씀하셨다. 그렇지만 누구에게나 배울 점 한 가지는 있으니 꼭 그 부분을 먼저 찾으라고 가르치시기도 했다.

누구나 공부 잘하라는 잔소리를 듣거나 어른들의 판단으로 그릇된 행동을 했을 때 꿀밤 하나 정도는 받았던 기억이 있을 듯하지만, 나는 그 흔한 잔소리 한번 들었던 기억이 없다. 물론 기억하고 싶지 않은 것일 수도 있겠지만, 어머니는 잔소리로 가르침을 주신 것이 아니라 용기를 북돋아주는 방법으로 가르침을 주셨다.

친구와 싸우고 도저히 용서할 수 없다고 생각했던 어느 날, 어머니는 용서하고 잊어주라고 말씀하셨다. 용서할 수 없는 행위를 어떻게 용서하느냐고 했더니 용서하는 것이 이기는 것이라고 하시는 것이 아닌가. 아주 먼 훗날, 그 친구가 잠깐이라도 나를 생각할 때 괜찮은 사람으로 추억하게 하려면 지금 의연하게 용서하는 것이고 그것이 그 친구의 마음에 나에 대한 고마움과 미안함으로 간직될 것이라 하셨다. 지금 용서하지 않고 '생떼'를 부린다면 훗날까지도 그 친구는 나와의 관계를 정리하길 잘했다고 생각할 것이다. 그렇게 친구를 용서했었는데 세월이 흘러도 경솔했다는 생각이 안 들고 두고두고 참 잘했다는 생각이 든다.

어머니는 늘 긍정적이셨다. 물론 그분의 말씀과 행동은 나의 가치관 형성에 큰 영향을 미쳤다. 초등학교 시절 과제 제출이 있었다. 어떤 그림을 그려가는 것이었는데, 보통은 부모님의 조언을 받으면서 만들어간다. 하지만 혼자서 잘할 것 같은 욕심에 어머니가 오시기 전 그림을 그리고 색칠까지 했는데 정말 엉망진창으로 망쳐버린 것이 아닌가. 누가 봐도 함부로 한 결과였다. 어머니에게 꾸지람을 들을 것 같은 두려움에 조마조마했다.

드디어 퇴근 후 내가 만들어놓은 과제물을 본 어머니께서 "하, 하, 하" 하고 웃으셨다. 그리고는 말씀하셨다. "네가 혼자 그린 거구나. 정말 새로운 느낌인데?" 그러시고는 어떻게 그렸는지 물으셨고 잘 그리고 싶었는데 제대로 안된 거라는 대답을 들으시고는 "아하, 그렇구나. 그 방법으로 했더니 이렇게 된 거구나. 나라면 다른 방법으로 했을 것 같은데. 다른 방법은 어떤 결과가 나올지 궁금하지 않니?"라고 하시면서 본인의 생각을 말씀하시고는 나를 도와주셨다.

어머니의 방법이 궁금해진 나는 그렇게 자존심 상하지 않으면서 말씀대로 수정해 보았고 결국 좀 더 근사한 결과물을 만들었다. 어머니의 방법은 늘 이러했다. 스스로 바꿔보도록 이끌어주고 밀어주고 격려해주셨던 것이다. 모든 과정에서 어머니는 망쳐놓은 결과에 대한 꾸지람보다 다른 방법으로 하면 어떤 결과가 나올지에 대한 궁금증으로 수정하고 싶은 결심과 함께 상황을 긍정적으로 판단하고 좀 더 나은 결과를 만들어갈 수 있도록 늘 유도하셨다.

어머니가 했을 것 같은 방법으로, 또는 예전에 어머니가 행하셨던 방법으로 말하고 행동하는 것이 습관이 되었던 어린 시절, 그러한 방법으로 말하고 행동했을 때 어른들로부터 많은 칭찬을 받았다. 이런 과정, 이런 습관은 어머니의 말씀을 잔소리가 아닌 가르침이라 인지하게 되고 성장하면서 여러 혼란스러운 상황들에 부딪칠 때 '어머니라면 어떻게 하셨을까'를 먼저 생각하는 계기가 되었다.

'산 좋고, 물 좋고, 앉을자리까지 좋은 곳은 없다'라고 하신 어머니 말씀도 나는 아직 기억한다. 늘 그러셨던 것이다. 모든 것에 욕심내지 말라고. 원하는 것들 가운데서 한 가지라도 마음에 드는 부분이 있으면 그걸로 만족하고, 두 가지가 마음에 들면 정말 고맙게 생각하고, 세 가지, 네 가지는 바라지 말라고 하셨다. 욕심을 가지지 않는다는 것이 때로는 도전

83

을 포기하는 경우로도 이어지게 되어 가끔 억울하다는 느낌이 들 때도 있었지만, 억지로 소유하려 하는 것보다는 마음이 편했던 것 같다. 그러다 보니 어른이 된 지금도 아들에게 가능한 다른 사람을 위해 양보하고 가능한 타인을 배려하도록 얘기하고 있다. 이 방법이 무조건 옳다고 할 수는 없지만 적어도 많은 사람들에게 야비하고 욕심 많은 인간이라는 손가락질 정도는 받지 않는 것 같다. 이것이 어머니가 늘 말씀하시던 단 한 가지라도 좋은 부분이 있다면 만족하라고 하신 것과 일치하는 것이 아닐까.

그래서일까. 나에게는 함께 어울리는 사람들이 많다. 아니, 나와 어울려주셔서 감사하다고 늘 얘기하곤 한다. 대한민국에 와서 주변 분들과의 이런 끈끈한 어울림이 없었더라면 나의 한국 사회 정착이 어려울 수도 있었을 것이다. 욕심을 버리고 조금은 내려놓는 습관을 간직한 덕분에 늘 상황을 긍정적으로 판단하면서 받아들이는 것도 습관이 되었다. 결국 많은 사람을 얻게 되고 그들로부터 두터운 신뢰를 얻게 되었다. 외로울 때 위로받고, 모르는 것이 있을 때 정보를 얻고, 힘들 때 도움을 받았다. 그래서 지금의 내가 있는 것이다.

'긍정적인 마음을 가질 수 있게 이끌어주신 어

머니, 늘 감사합니다.' 욕심 부리지 않으면서도 자존감을 지키고 품위를 잃지 않고 살아갈 수 있는 가치를 알게 해주신 어머니께 늘 감사하는 마음뿐이다.

Chapter 2

절망의 옆방에

희망이 있었다

숨 막혔던 공포의 순간,
체포

　　중국 땅에서 내가 할 수 있는 일은 생각보다 없었다. 처음 북한을 떠나 중국으로 나올 때는 중국이라는 나라가 어떤 곳인지, 왜 많은 사람들이 중국을 이렇게 드나드는지 알고 싶었다. 그렇게 잠깐이라 생각하면서 시작했던 여정이 중국 땅에 눌러앉게 되는 상황에 이르렀으나 예측할 수 없는 미래에 대한 불안감으로 삶은 날마다 힘들었다. 가장 힘들었던 것은 신분 노출이었다. 북한 사람이라는 것이 드러날 경우 생명의 위험까지 감수해야 할 상황에 처하기 때문이다. 그러다 보니 자연스럽게 시골로 스며들었고 농사일을 비롯하여 젊은이들이 없는 집안의 노인들을 돌보는 등 닥치는 대로 일했다.

처음에 나는 땅덩어리가 끝없이 넓은 중국이라는 나라에 내 몸 하나 숨길 곳은 얼마든지 있을 거라고 생각하였다. 특히 깊은 산골마을에 스며들어 살면 아무도 나를 찾을 수 없을 것 같았다. 그러나 오산이었다. 농촌이 오히려 더 위험한 곳이라는 것을 안 것은 중국에 자리 잡은 지 몇 개월이 지나 공안에 붙잡혔을 때였다.

보통 중국의 농촌은 조선족만 사는 곳도 있고 한족과 조선족이 어울려 사는 곳도 있었다. 조선족 동포들은 탈북자들을 별로 신고하지 않는다고 하는데 한족들은 가끔 신고하는 경우가 있었다. 나도 어느 해 봄, 잠자고 있던 중 새벽에 들이닥친 공안에 의하여 체포되었다. 새벽에 잠을 자는데 갑자기 출입문을 세차게 두드리는 소리가 들렸다. 바깥 소음만으로도 벌써 상황이 예측되었고 뭔가 불길했다. 곧이어 영화에서나 볼 수 있는 광경이 펼쳐지고 있었다. 의기양양하게 문을 열고 들어선 경찰은 나에게 신분증을 보여 달라고 하더니 내가 내민 신분증(물론 가짜 신분증이었다)은 보지도 않고 다짜고짜 공안으로 가자고 했다.

'이제 끝났구나' 하는 예감과 함께 문득 그 순간, 잡혀도 비겁하고 구질구질하게 잡혀가고 싶지는 않다는 생각이 든 것은 왜였을까? 지금도 내가 왜 멋있어 보이고 싶었을까 하고 아무리 생각해봐도 해답을 찾을 수 없었다. 나는 세수도 하고 싶고 양치도 하고 싶다고 말했다. 그리고 도주하지 않을 것이니 잠시만 기다려 달라고 했다. 꼭 그렇게 하고 싶었다.

나의 표정에 간절함이나 단호함이 있었던 것일까. 아니면 그래 봤자 잡혀가는 주제에 하는 공안의 알량한 선심이었을까. 그들은 순순히 응했고, 나는 그들이 보는 앞에서 세수하고 양치하고 가볍게 화장하고 나름의 깔끔한 옷으로 갈아입은 뒤 손목에 수갑을 찼다. '차디찬 수갑을 손목에 찰 만큼 내가 큰 잘못을 저지른 것인가? 그것이 이 새벽에 가늘고 연약한 손목에 차가운 수갑을 차고 끌려가게 할 만큼 큰 죄인가?' 서글펐다. 나라 없는 백성은 상갓집 개보다도 못하다는 말이 생각났다. 북한에서 용서받을 수 없는 죄를 짓고 도망친 것도 아니고 단순히 춥고 배고파서 목숨 걸고 살 길을 찾아온 중국 땅이었다.

공안에 도착해서도 인간 이하의 대우는 마찬가지였다. 휑한 시멘트 바닥에 의자 하나가 놓여 있었고 나를 그 의자에 앉으라고 하더니 라디에이터에 수갑을 걸어 채웠다. 손이 라디에이터에 묶여 있어서 의자에서 일어나도 엉거주춤한 자세를 취할 수밖에 없었기에 허리가 몹시 아팠고 다리도 뻐근했다. 심지어 화장실에도 경찰이 따라다니는 등 엄중한 죄인 다루듯 하는 모습을 정말 이해할 수 없었다.

이 공간에 있으니 갑자기 공포가 몰려왔다. 당시는 북한과 중국 모두 탈북자 체포에 혈안이 되어 있었고 북한은 직접 중국으로 들어와 공안에 체포된 탈북자들을 인도해 나갔다. 흉흉한 소문도 많았다. 여러 명이 모이면 서로서로 손바닥에 철사를 꿰어 함께 끌고 간다고 했다. 누구 한 사람이라도 도망치려고 몸을 움직이면 나머지 사람들이 비명을 지르게 되어 있어서 서로가 서로를 통제하고 감시하게 만들었다고 했다. 중국에서 살고 있을 때도 그런 얘기를 여러 번 들었고 나도 지금은 혼자이지만 다른 사람들과 섞이면 그렇게 북한으로 끌려가게 될 것은 불을 보듯 명백해 보였다.

이제 겨우 북한보다 더 나은 세상이 있다는 것을 알았고, 그곳에서 인간답게 살고자 작고 소박한 체험을 시작하려던 참인데 이렇게 끝내기에는 너무 억울하다는 생각도 들었다. 한없는 분노와 허무함과 함께 눈물이 쏟아졌다. 하지만 운명의 신은 아직까지 내 편이었던 것 같다. 마을 사람들의 보증으로 공안에서 풀려나게 된 것이다. 중국의 농촌마을에는 '치보'라는 직책이 있다. 평범한 주민이기는 하지만 평상시 마을 사람들에게 신망도 있고 조직력도 있는 사람이 선출된다. 치보는 마을 치안을 담당하고 마을에서 일어나는 불미스러운 사건이 잘 해결되도록 중재하는 역할을 담당한다. 바로 내가 있던 마을의 치보가 공안에 찾아와서 사정했다는 것이다. "이 사람을 한 번만 풀어 달라. 이번에 풀려나면 우리 마을에서 추방하겠다. 절대로 마을에 이상한 사람이 발을 붙이지 않게 하겠다"라고 공안을 설득했다는 것이다. 공안이 평범한 치보의 말을 믿고 어떻게 풀어줄 결심을 하게 되었는지는 이해되지 않지만 그 치보가 상당히 신뢰받고 있었던 사람임은 틀림없었다. 암튼 나는 풀려나게 되었다.

치보가 나한테 물었다. '이제 더는 우리 마을에 계속 있을 수 없다. 다른 곳으로 가라. 갈 곳은 있느냐.' 그동안 조용한 시골이 안전할 거라 생각했는데 오히려 표적이 더 크게 보인다는 것에 교훈을 얻은 나는 북경으로 가고 싶다고 했다. 북경과 같이 사람이 북적대는 큰 도시에 들어가면 오히려 더 안전할 것이라 판단했던 것이다. 특히 북경은 외지에서 일자리를 찾아온 사람들로 붐비고 있다는 얘기도 간간히 들었던 터라 북경 행을 결심하게 된 것이다.

풀려나는 날 경찰서 밖에서 나를 기다리고 있던 치보는 북경 가는 기차표 한 장과 중국 돈^(인민폐) 30원을 주었다. 그러고 보면 나는 참 숨 막히게 어려운 상황들 가운데서 운 좋게도 많은 은인들을 만나 도움을 받으면서 위험을 벗어나곤 했다. 목단강에서 기차를 타고 지루한 시간을 보내면서 나는 드디어 북경역 앞 광장에 서 있게 되었다. 중국의 땅덩어리가 크다는 생각은 했지만 북경 역에 내렸을 때의 휑한 느낌과 삭막감은 말로 표현할 수 없었다. 아마 내 마음의 허전함 때문이었을 듯하다.

북경역 광장에는 전 세계 사람들이 다 모인 듯 인파가 북적였고 주변 고층 건물들은 전혀 상상해보지 못했던 웅장함을 자랑하고 있었으나 이 작은 몸뚱이 하나 던져놓을 곳을 이곳에서 찾을 수 있을지 알 수 없었다. 이 넓은 땅덩어리에서 이제 어디로 가야 하나. 정말 막막했다.

나는
북경역 앞 삐끼였다

공안에 잡혀 있다가 나오는 걸음으로 북경행 열차에 올랐다. 입던 옷가지도 챙기지 못한 채 열차에 오른 나는 흡사 피난민 같았다. 며칠 동안 씻지도 못한 꾀죄죄한 몰골에 긴장과 공포로 허둥거리는 불안한 눈빛, 마음먹고 관찰하면 이상함이 몸에 배어 있는 젊은 여자였다.

달리는 열차의 통로를 끊임없이 오가며 여행객들의 행상을 살피는 공안경찰에 불안함을 들키지 않으려고 몰골은 허접하더라도 얼굴에는 시종일관 밝은 웃음을 띠려고 무지 노력했다. 불안함과 애써 밝으려 하는 표정이 어우러졌으니 얼마나 어색했을까. 그래도 다행히 공안에 색출되지 않는 것은

95

주변 사람들과 간간히 속삭이듯 대화를 주고받으면서 태연함을 유지했던 덕분이 아닌가 싶다. 중국말을 한다는 것은 최소한 국경을 넘어온 탈북자라는 인식으로부터 멀어질 수 있었던 것이리라.

        설렘도 낭만도 없는 긴 열차여행⁽?⁾을 마치고 드디어 북경역에 도착했다. 북경에 가보신 분들은 잘 아실 테지만 '전문前門'이라 부르는 역 앞 광장은 상상 이상으로 넓을 뿐 아니라 사람이 정말 많다. 일행을 잃어버리면 찾기 힘들 거라 생각될 정도였다. 그 많은 사람들 중 말을 붙일 수 있는 사람은 한 명도 없었고 그 넓은 땅덩어리에 내가 갈 곳은 아무 데도 없었으며 시내 동서남북 사방팔방 길은 트여 있지만 발걸음을 내디딜 만한 목적지는 어디에도 없었다.

        얼마 동안일까. '멍~' 하니 앉아 노숙자 생활을 해야 하나 싶던 중 저 멀리 보이는 낯익은 간판이 눈에 들어왔다. 진분홍빛 저고리를 입은 여인이 그려진 포스터와 함께 '진달래 식당'이라는 간판도 있다. 아, 저기로 가보자. 적어도 말을 붙여볼 수는 있지 않을까. 주소는 모르지만 높이 서 있던 간판을 쳐다보면서 어림짐작으로 찾아갔다. 멀리서 볼 때는 간판이 높아 큰 건물인 줄 알았으나 골목골목 진창길에 바짓가랑이 적시면서 찾아간 곳은 정말 어지럽고도 작은 식당이었다. 보통 기사식당 같은 곳에서 볼 수 있는 테이블 여섯 개를 놓고 오며 가며 손님을 받는 곳이었다. 식당 안이 더럽다기보다 주변에 다른 식당들이 다닥다닥 붙어 있고 음식물쓰레기 냄새가 심하고 하수도가 막혀 오물이 쌓여 있는 전형적인 북경 골목이었다.

어정쩡한 표정으로 무작정 들어섰더니 식당 사장인 듯한 나와 비슷한 또래의 젊은 여자가 쳐다본다. 간판 속 여자였다. 키도 크고 예뻤다. 이런 구석진 곳에 있기에는 아까운 체격과 미모를 지니고 있었다. 거지 형색으로 그 앞에 섰으나 자존심 같은 건 이미 없었다. 어떻게 왔느냐는 물음에 일하고 밥 먹여줄 수 있는 곳을 찾아왔다고 답했다. 최대한 거짓 없는 솔직함이 표현될 수 있도록 마음을 비우고 어쩌면 비굴해 보였을 수도 있는 표정으로 말했다. 잠시 아래위를 훑어보던 사장은 식당이 작아서 손님이 많지 않아 급여는 줄 수 없지만 밥은 먹여주고 잠은 재워줄 수 있다고 했다. 그렇게 동거 아닌 동거가 시작되었다.

낮에 실컷 일하고 밤에 좁은 방안에 둘이 누우면 서로 많은 이야기를 나눴다. 나이가 비슷해서였을까. 꽤 잘 통했던 걸로 기억한다. 남편은 돈을 벌려고 한국에 갔고 자기는 북경에서 작은 식당을 운영하며 겨우 벌어 남편이 한국 가면서 진 빚을 갚고 있다고 했다. 어디까지 믿어야 할지 몰랐지만 그 것이 중요하지는 않았다. 어차피 나도 거짓말을 할 테니까.

나는 연변 시골에서 왔는데 한국 남자랑 결혼 (당시 연변의 조선족 여성들은 한국 남자와의 결혼이 꿈이었고 진짜 결혼도 있었지만 한국으로 가기 위한 가짜 결혼도 성행하던 시기였다)하려고 고향에서 돈을 빌려 가지고 왔는데 사기를 당해 빚쟁이들 때문에 고향에도 돌아가지 못하고 신분증도 잃어버려서 지금 이 꼴이라고 했다. 내 말을 믿었는지는 모르겠지만 월급을 주지 않고 일을 해줄 사람이 필요했던 여사장과 월급은 없어도 밥 먹여주고 재워줄 곳이 필요했던 나. 우리 두 사람은 그렇게 서로 다른 이해관계 하에 '동상이몽'의 동거를 시작했다.

그곳에서 일하는 동안 나는 설거지하고 청소하는 일을 했으나 눈치 보거나 꾀부리지 않고 약삭빠르고도 성실하게 일했던 것 같다. 여사장도 그런 나를 신뢰하는 눈치였다. 아니 신뢰하고 있다고 나만 믿고 있었던 것인지도 모른다. 잘 기억나지 않지만 8일인가, 10일인가 되었을 무렵, 자기 식당은 환경도 그렇고 자는 곳도 너무 좁으니 일자리를 소개해주면 좀 더 나은 곳으로 가고 싶은 생각이 있느냐고 물었다. 물론 나는 고마웠다. '역시 나를 좋게 봤구나'라고 생각했다. 그럴 수 있다면 그러고 싶다고 답변했다. 내가 가게 되는 곳은 민박집인데 밥하고 빨래하는 일을 하게 된단다.

난감했다. 빨래는 그럭저럭 할 수 있지만 밥은 어려웠다. 주방에서의 일은 의욕도 없고, 재간도 없고, 자신도 없었다. 그랬더니 괜찮다고 설득 당했다. 이곳보다 집도 크고 화장실도 집안에 있다고 했다. 사실 북경에 있을 때 늘 화장실이 신경 쓰여 제대로 사용할 수 없었다.

지금도 어떤 건물이든 화장실을 중요하게 생각하고 있는 나는 화장실도 좋다는 말에, 그리고 집도 크고 환경이 이곳보다 깔끔하다는 말에 마음이 조금 끌리기는 했으나 이 여사장이 나를 이곳에 계속 두기 힘든 상황이구나 하는 판단이 들어 어쩔 수 없이 소개해주는 곳으로 간다고 했다. 그렇게 간 곳이 북경의 한인촌 '왕징'이었다. 얼마 전 어떤 글을 보니 북경 전역에 한국인이 13만 명 정도 살고 있는데 그중 10만 명이 왕징에 산다고 한다. 물론 그때는 지금보다 훨씬 전이어서 그 정도는 아니었을 테지만 어쨌든 한국인이 많이 살고 있는 곳인 건 사실이었다. 고층 건물이 즐비했고 정말 큰 도시에 왔다는 느낌이 들었으며 이곳에 산다면 멋질 것 같았다. 마음이 아직은 삭

막하기는 했지만 작은 설렘도 있었다.

그렇게 찾아간 곳에서 민박집 면접을 봤다. 그 곳에서도 여사장이 면접을 봤는데 당시 나는 주방 일을 할 줄 모른다는 것 때문에 면접에서 떨어지면 어떡하나, 이렇게 시원하고 넓은 곳에서 살 수 없으면 어떡하나 하는 긴장된 마음뿐이었다. 음식을 할 줄 모른다고 솔직히 말씀드렸다. 아는 체하는 것보다 일단 잘 못한다고 먼저 말하고 선택은 상대편이 하게 하는 것이 나의 관계 방식이다. 그래야 잘 못해도 뒤탈이 없고 나도 아는 체했던 것 때문에 전전긍긍하지 않아도 되기 때문이다. 나름대로의 처세라고 할까.

여사장은 주방은 자기가 할 테니 장보고 야채 다듬고 기타 빨래, 청소 같은 것을 하면 된다고 했다. 남자 사장님도 있었으나 거의 모든 중국 조선족 남성들은 모여서 마작을 하거나 그냥 아내를 조금씩 거들면서 사장님 흉내만 내는 경우가 태반이다.

왕징의 민박집은 고층 아파트 4층에 있었고 주로 숙박하는 손님들은 한국 남성들과 조선족 여성들이었다. 그들은 모르는 채로 소개받아서 이 집에서 만나기도 했고 이미 서로 다른 경로를 통하여 결혼을 약속하고 남성이 한국에서 북경으로 들어오면 이 민박에 거처하면서 결혼하게 될 조선족 여성을 데리고 한국으로 갈 준비 및 절차를 밟는다. 그 절차라는 것이 대사관에 드나들면서 결혼할 여성의 비자를 받는 것인데 그런 결혼에 진짜 결혼과 가짜 결혼이 있다는 것도 좀 더 구체적으로 알게 되었다.

진짜 결혼이든 가짜 결혼이든 여성은 한국으로 간다는 것에 들떴고 남성은 두 부류가 있었는데 진짜 혼인의 경우에는 결혼한다는 기쁨이 있었다. 반면 가짜 혼인인 경우에는 가짜 결혼 등기로 여성의 비자를 받아 한국에 데려다 놓으면 그 대가(돈)를 받게 된다는 또 다른 기쁨이 있다. 어느 누구도 손해는 없었다. 굳이 손해로 따진다면 북경 속 대한민국인 한국 대사관은 속고 있는 것도 모르고 비자를 내주고 있다는 것이다. 나는 이런 방법의 거래가 있다는 것에 굉장히 놀랐고 이런 생각을 사람이 할 수 있다는 것도 상상 밖이었는데 가짜 결혼이면서도 남녀가 진짜 결혼한 부부처럼 행세하는 것에도 경악할 만큼 놀랐다. 완전히 새로운 신세계를 경험했던 것이다.

왕징에는 민박집이 많다. 내 생각에는 셀 수 없을 정도인 것 같다. 민박집 주인들끼리는 물론 손님들까지도 서로 어울려 노래방, 가라오케 같은 곳에 자주 갔다. 특히 한국에서 신랑이 오면 민박집 손님들에게 한턱 쏜다는 의미로 자주 나가서 밥을 먹든가 노래방에 가든가 했다. 나는 그들을 따라 노래방에 가지 않았다. 그렇게 놀고 싶을 만큼 마음의 여유도 없었지만 그런 식으로 어울리다 보면 서로 가까워지게 되고 가까워지다 보면 자신의 신상에 대해 조금씩 드러내야 하는 상황이 생기게 될 거라고 생각했다. 잘 따라다니지 않는다고 나를 지나친 새침데기라고 말하는 사람들도 있었지만, '니들이 내 맘을 알아?'가 내 마음이었다. 할 말도 없었고 많이 감추어야 할 입장이었던 내게는 그들과 함께 어울려 맥주 마시고 노래 부르면서 놀러 다닐 만큼의 여유도, 의지도 없었고 조건은 더욱더 힘들었다.

　　　　주인집 남자가 계속 같이 노래방 가자고 하는데 귀찮기도 하고 매우 짜증이 났다. 이곳에서의 상황이 내가 견뎌낼 수 있는 상황인가에 대한 심각한 고민이 시작되던 중 사건이 일어났다. 그날도 아침부터 노래방에 간다고 난리들이었다. 조선족 여성들은 결혼을 약속한 한국 남자와 밖으로 나가는 것 자체를 좋아했고 한국 남자도 민박에 있는 손님들에게 돈을 쓰는 것을 은근 유세하고 싶어 하는 상황들이다. 내 입장에서는 솔직히 '놀고들 있네. 까짓 노래방 비용 정도나 지불하는 주제에' 하는 심정이었지만 밥벌이를 그곳에서 하고 있었기에 '내가 어울리지 않으면 그만이지'라는 마음으로 묵묵히 내 일만 하고 있었다.

이상하게 그날은 주인집 남자가 함께 나가지 않는 것이었다. 그러려니 했지만 여자의 촉감이랄까 뭔가 오늘 내 신상의 일진이 좋지 않게 느껴졌다. 아니나 다를까 이 남자가 은근 슬쩍 수작질이다. 날도 더운데 밖에 나가 맥주 한잔 마시자고 한다. 술을 마실 줄 모른다고 답했다. 이곳에서 지내는 것이 불편하지 않은지, 급여를 더 올려달라면 올려준다는 등 그냥 들어도 속셈이 있어 보이는 말을 막 던지고 있었다. 그런 문제는 필요하면 여사장님과 상의하겠다고 하면서 요령껏 맞받아쳐야 했지만 이상하게도 슬프면서 화가 치밀어 올랐다.

'왜 나를 이렇게 불편하게 하느냐', '당신 와이프한테 전화하겠다'고 하고 집을 나왔다. 그리고 전화했다. 민박집 여사장에게가 아니라 나를 이곳으로 소개해준 진달래 식당 여사장에게. 상황 설명을 하고 마음이 불편해서 그 집에 못 있겠으니 다른 곳을 소개해달라고 했다. 그런데 갑자기 '진달래 식당 주인이 그곳을 나한테 소개할 때 그곳 사장이랑 잘 아는 사이였을까? 아니면 소개해준 대가를 받은 것은 아닐까?' 하는 생각이 처음으로 문득 들었다.

어떡해야 하지? 정말 어떡해야 할지 마음을 정할 수가 없었다. 오늘은 그럭저럭 넘어갔지만 정말 피할 수 없는 상황이 올 수도 있을 것 같았다. 대비가 필요했고 빠져나갈 구멍이 필요했다. 결국 민박집 여사장에게 전화해서 밖에서 만났다. 상황을 설명했다. 그녀는 남편과 이야기할 것이고 앞으로는 그런 일이 없게 할 것이라고 나를 설득⁽?⁾하고 위로⁽?⁾했다.

그로부터 며칠이 지난 어느 날, 민박집 남자가 오늘은 함께 밖에 '빤썰(업무를 본다는 뜻의 중국말)' 가자고 했다. 깔끔하게 입으라고 했다. 깔끔해 봐야 입을 옷이 없었지만 그 말이 매우 거슬렸다. 바로 여사장에게 물었다. '남자 사장님이 같이 나가자고 하는데 가도 되냐. 어디로 가느냐고. 여사장은 같이 가도 된다고, 별일은 없을 거니까 안심하고 함께 다녀오라고 했다.

그렇게 남자 사장과 택시를 타고 도착한 곳은 바로 북경역 앞이었다. '나는 왜 이곳에 왔을까?' 그곳에는 많은 민박집 주인들이 나와 있었고 왕징의 내가 아는 다른 민박집 사장의 얼굴도 보였다. 뭣도 모르고 우두커니 서 있는 나를 보면서 사람들이 남자 사장에게 누구냐고 묻는 것 같았다. 새로 온 민박 아줌마라고 대답하는 소리가 들렸다.

민박집 사장님들이 와 있는 이곳에 나는 왜 왔을까? 혹시 지난번 일을 와이프한테 일러바쳤다고 나를 다른 민박에 보내려고 데려온 것일까? 그러면 다른 사장님을 따라가야 하는 걸까? 그곳에 가도 같은 상황이 발생하지 않는다는 보장이 없을 텐데 어떡하지? 머릿속이 복잡했지만 뾰족한 해답이 없었다. 그때 갑자기 소란스러워지면서 모여 있던 민박집 사장들이 우르르 다른 곳으로 몰려가고 있었다. 우리 사장은 나에게 그 사장님들을 따라가서 지금 기차에서 내리는 손님들을 우리 민박으로 안내해 오라고 했다.

그렇다. 나는 오늘 북경역 앞 '삐끼'였다.

뭐든
다 해드립니다

　　북경역을 이용하는 승객 수는 하루 대략 50만 명 정도로 알려져 있다. 하루 24시간 중 30분에 1만 명 정도의 이용객, 그중 시간이 겹치는 경우를 생각한다면 엄청난 인파였다. 그야말로 인산인해라는 말이 제대로 어울린다고 볼 수 있는 곳이었다. 이런 곳에 아무것도 모르는 나를 데려다놓은 민박집 사장은 그 사람들 사이를 오가며 집에 손님을 유인하도록 시킨 것이다. 먹고사는 일, 급여 받고 일하는 직원의 입장에서는 반드시 해야만 하는 일이기도 했겠지.

　　그런데 차마 입이 떨어지지 않았다. 손님들과 눈도 마주칠 수 없었다. 먼 곳을 쳐다보면서 우리 민박으로 오라고 할 수는 없었다. 이러지도 못하고 저러지도 못하며 부들부들 떨었고 어디를 쳐다볼지도 몰라 눈빛도 당황하고 불안하게 돌아갔다. 언제 잡힐지 모르는 불안 때문에 늘 긴장하며 살고 있던 당시의 나는 사람들과 눈을 마주치며 똑바로 쳐다보는 것도 제대로 하지 못했다. 의식적으로 피했다는 것이 맞을 것이다. 하지만 삐끼 역할에 충실하고 손님을 우리 민박으로 모시려면 손님과 눈을 마주치고 믿음과 신뢰를 주면서 따라갈 마음이 들 수 있게 이야기해야 함은 물론 민박에 묵을 수 있는 손님인지에 대한 파악이 우선되어야 하는데 나에게는 그런 판단 능력도 없었다.

　　　　그러니 첫날은 꽝이었다. 사장도 첫날이니 그럴 수 있다고 생각한 모양이었다. 그리고 다음날도 일찍 역으로 갔다. 밤새 참 많은 생각을 했다. 그냥 오늘은 안 간다고 하고 이곳 일을 때려치울까. 그러면 사실 당장 갈 곳도 없고 먹을 곳도 없고 그다음을 어떻게 헤쳐 나가야 할지 막막했다. 까짓것 한번 마음먹고 잘해볼까. 다른 사람들도 하는데 나라고 못할 것 뭐람? 옷 벗으라는 것도 아닌데. 죽기보다 더할까? 이 고비를 견디지 못하면 다음이 없으니 어떤 결심이라도 해야 했다. 어쩔 수 없이 다시 '삐끼'의 자격으로 역으로 갔고 어영부영 분위기에 취해 몇 사람에게 말을 걸었던 것 같다. 물론 성과는 없었지만.

그리고 다음날은 혼자 가겠다고 말씀드렸다. 남자 사장과 함께 다니는 것도 기분이 썩 개운치 않았지만 다른 민박 사장들에게 슬금슬금 내 얘기를 하는 듯한 눈빛과 분위기도 짜증났고 무엇보다도 감시당하는 느낌, 끌려 다니는 느낌이 들어서 자신감도 떨어졌다. 혼자서 그냥 내 마음대로 하고 싶다고 말씀드렸더니 그렇게 하라고 해서 결국 혼자 나가게 되었다. 하는 일은 똑같은 삐끼였지만 혼자 가는 것이 훨씬 덜 비참했다. 특별히 나를 쳐다보면서 수군대는 사람도 없고 아예 다른 민박집 사장들이 보이지 않는 외딴곳으로 가서 혼자 용기를 내봤다. 살아남기 위한 치열한 행동을 하는 거였다.

이 사람, 저 사람 붙잡고 "깨끗하고 시설도 좋은 민박집 있습니다. 잘해드립니다"라고 말했다. 뭘 잘해드리는지는 모르겠지만 개중에는 정말 뭘 잘해주느냐고 짓궂게 묻는 사람들도 있었다. 곰곰이 생각해보니 오해할 수도 있겠더라. 그런 말들을. 그때 또 배웠다. '아, 이럴 때 이런 말은 사용하면 안 되겠구나. 밥도 맛있고요. 빨래도 해드리고요. 집도 깨끗하고요. 주변에 유희 시설도 많고요. 이렇게 말해야겠구나.' 혼자 나온 오늘은 어떡하든 손님을 한 분이라도 모시고 들어가고 싶었다. 그래야 내일도 혼자 나올 수 있을 것 같았으니까.

눈빛에 간절함이 보였을까? 아니면 내가 이 일에 자질이나 능력이 있었던 것일까? 역시 연변에서 가짜 결혼을 목적으로 이곳에 온 한국 남성과 조선족 여성을 민박으로 모시고 들어가게 되었다. 사실 얼마나 기쁘던지. 아, 나 이런 일도 할 수 있나 봐.

혼자 열심히 일하고 있던 어느 날, 민박집 남자 사장이 또 같이 가겠다고 따라나서는 거였다. 그래서 기분도 별로고 해서 오늘은 좀 쉬겠다고 했다. 그동안 열심히 손님을 모셔왔으니 좀 쉬어도 된다고 생각했고 남자 사장하고 같이 가기 싫어한다는 것쯤은 여자 사장도 알고 있으니 남편에게 뭐라고 욕하면서 나를 쉬라고 했다. 결국 남자 사장은 혼자 나가게 되었다.

그날 집에서 많은 생각을 했다. 남자 사장은 기회를 엿보고 있고 계속 같이 가고 싶어 하고 시장에 식품 사러 갈 때도 짐 들어준다고 같이 가고 싶어 하고 나는 장보는 물건이 무거우니 어쩔 수 없이 함께 다니게 되고. 매일같이 아슬아슬한 줄타기는 계속되고 무얼 어떻게 해야 이 상황에서 벗어날 수 있을까 생각하던 어느 날, 그날도 우겨서 혼자 역으로 나갔다. 기분도 썩 좋지 않고 앞길도 캄캄해서 무얼 어떻게 할지 모르겠고 이런 상황이 언제까지 지속될 지 막막해 아무것도 하지 않고 햇살 좋은 곳에 앉아 오고 가는 사람들만 쳐다보면서 마음의 번거로움을 가라앉히고 있었다. 일종의 사람 구경이었던 것이다.

그냥 오늘은 이렇게 시간을 보내다 들어가야겠다고 생각했다. 다른 민박집 사장들이 우리 사장에게 그 집 아줌마가 아무것도 안 하고 놀았다고 일러바치면 그걸 계기로 그 집에서 나올 생각까지 하고 있었다. 한참 그렇게 앉아 있는데 나와 비슷한, 아님 3~4살 정도 언니로 느껴지는 아주머니가 슬그머니 곁에 와서 말을 시키는 것이었다. "어이." "네." "**민박집 아줌마 아니요?" "네, 맞아요." 그러면서 오늘은 왜 이렇게 앉아 있냐. 무슨 일이 있냐. 그 집에서 일하기 괜찮으냐. 월급은 얼마나 주냐 등등 이러저러한 것들을 물었다. 그러면서 하는 말이 자기 집에도 일손을 구한다는 거였다. 자기 집에 오지 않겠냐고. 주방일은 올케 언니가 하고 있고 나는 빨래, 청소만 하고 때로 주방 일손 좀 도와주면 된다는 거였다. 남편은 한국에 돈 벌려고 나갔고 15살 되는 아들과 함께 살고 있다는 것이다. 훨씬 조건이 좋았고 다음날 바로 짐 싸가지고 옮기게 되었다. 두 집

사이는 버스 몇 정거장 거리라 서로 마주치기는 쉽지 않았다.

새로 옮긴 민박은 우선 여자들만 살고 있어서 마음이 아주 편안했다. 물론 남성 손님들이 많이 들락거리기는 했지만 민박집 주인이 언니들이고 서로 형님, 올케 사이라 함께 손 맞춰서 잘 지내고 있어 정서적으로도 아주 좋았다.

개인적으로 나는 음악을 참 좋아한다. 노래를 듣는 것도 좋아하고 부르는 것도 좋아한다. 아들도 음악을 좋아해서 거의 한 달에 한 번 정도 함께 뮤지컬을 관람하곤 한다. 지금도 음악 프로그램은 정주행으로 시청하고 본방사수를 못한 경우는 유료 결재를 해서라도 꼭 시청한다. 병적이라 할 만큼 음악 프로에 집착하는 것 같다. 다른 일을 그렇게 열심히 했다면 또 다른 삶을 살았을 수도 있었겠다.

새로 옮긴 민박집에서 조금은 여유로운 시간대였던 오후 2~3시 정도, 어디선가 아주 잔잔하고 포근한 노랫소리가 들려왔고 그 소리가 나를 부르는 것 같았다. 노랫소리가 들리는 곳으로 가서 문을 열었더니 민박집에서 밥을 하는 아줌마가 무릎 꿇고 엎드려 노래를 부르고 있었다. 포근하고 따뜻하게 들렸던 멜로디가 너무 좋아서 한번만 다시 불러줄 수 있느냐고 청했고 그 분은 다시 불러 주었다. 노래가 너무 좋다고, 배우고 싶다고, 어디 가면 이런 노래를 들을 수 있느냐고 물었더니 그분 말씀이 교회에 가면 들을 수 있다고 하셨다. 그랬다. 그날 들었던 음악은 복음성가였다.

> 나의 등 뒤에서 나를 도우시는 주
> 나의 인생길에서 지치고 곤하여
> 매일처럼 주저앉고 싶을 때
> 나를 밀어주시네
> 일어나 걸어라, 내가 새 힘을 주리니
> 일어나 너 걸어라, 내 너를 도우리

이 노래 때문에 그분께 이런 노래를 듣고 부를 수 있는 곳으로 데려다 달라고 하였고 바로 그날 교회로 가서 신앙생활을 시작했다. 이후 마음이 많이 안정되었고 삶에 활력을 가지고 희망을 품고 살게 되었다. 마음에 안정을 찾고 점차 새로운 곳에 익숙해질 무렵 이 집에 한국에서 온 30대 후반의 한 손님이 숙박을 하게 되었다. 이 손님은 다른 손님들처럼 결혼이 목적이거나 사업상 목적이 있거나 한 건 아닌 것 같았다. 그렇다고 여행을 목적으로 온 것 같지도 않았다. 판단이 서지 않는 아주 애매모호한 사람이었다.

      말로는 중국어를 배우러 왔다고 하지만 학원에 다니는 것도 아니고 대학에 다니는 것도 아니었다. 더 이상한 건 보통 손님들은 3~4일 정도 숙박, 길어야 일주일 정도인데 이 손님은 한 달 금액을 먼저 지불하고 더 숙박하게 되면 다시 더 지급한다고 했다. 하는 일은 집에서 책을 읽든가 잠깐 나가서 산책을 하는 것뿐이었다. 그렇다고 정신적으로 이상이 있는 것 같지도 않았고 나쁜 사람이라는 느낌도 들지 않았다. 혹시 한국에서 사고치고 피신 온 사람은 아닐까 하는 생각이 들기는 했지만 그냥 추측일 뿐이었고 민박 식구들과도 잘 어울리고 있었다.

(이 손님은 이후 내 삶에 적지 않은 영향을 미치게 되었다.)

절망의 옆방에 희망이 있었다

의사에서
파출부로

새벽 5시. 아직은 날이 채 밝아오지 않은 어두운 시간. 냉기 가득한 새벽 기온에 어깨를 잔뜩 움츠리고, 주먹을 꼭 쥔 손바닥은 주머니에 넣지도 않았지만 땀으로 촉촉하다. 빠른 걸음에는 자신감 느껴지는 듯하지만 세차게 뛰고 있는 심장 소리만으로도 나 자신이 얼마나 긴장하고 있는지 알 수 있었다. 즐비하게 늘어선 아파트들 사이를 헤집고 겨우 한두 개 불빛만이 인적을 느끼게 하는 어두운 아파트 현관문을 열고 빨리듯 들어간다. 숨 막히는 긴장감을 차분하게 억누르며 "띵동!" 초인종을 눌렀다. 아직은 잠이 덜 깬 듯한 중년의 남자가 문을 열어주었고 나는 누가 볼세라 다급히 집안으로 들어갔다. 오늘부터 나는 이 집에서 파출부 아줌마로 일하게 되었다.

북경의 한 대학교에서 외국인 유학생들에게 '코리안 푸드'라는 이름으로 점심 도시락 배달을 하다가 대학교에서 요구하는 '위생증' 때문에 줄지에 일자리를 잃고 방황하던 나는 파출부를 구한다는 광고를 보고 망설이다가 지원했다. 청소만 하는 거라면 몰라도 그 집 식구들의 식단을 오로지 혼자 도맡아야 한다는 부담감이 굉장히 커서 많이 망설였다. 요리에 대한 자신감도 없었는데 일종의 두려움까지 가지고 있는 내가 '과연 잘할 수 있을까? 면접에서 떨어지지 않을까? 설사 합격한다 해도 일하던 도중에 잘리지 않을까? 그러면 얼마나 자존심이 상할까? 아예 다른 일자리를 찾아보는 것이 좋지 않을까?' 하는 복잡한 감정이 뒤섞여 있었다.

면접은 그 집에서 진행되었다. 한국의 모 대학에서 교수로 재직하다가 중국 모 대학교에 교환교수로 나와 계신 그분은 18살 딸과 15살 아들과 함께 생활하고 있었다. 아내는 중학교 교사였는데 학교를 그만두는 것이 여의치 않아 남편과 아이들만 나와 있게 된 것이었다. 면접 전까지의 압박감이나 긴장감이 무색할 정도로 면접은 간단히 끝났고 다음날부터 일하기로 했다.

절망의 열망에 희망이 있었다

115

내가 해야 하는 일은 집안 청소와 하루 3끼 식사, 그리고 아이들의 도시락을 챙기는 일이었다. 아내가 없는 집이라 입주는 할 수 없었고 근처에 자취방을 정하고 출퇴근하기로 했다. 그런데 쓸고 닦고 하면 청소는 그럭저럭 할 수 있었는데 식사는 어떻게 할지 걱정이 태산이었다. 물론 도시락을 주문 판매할 때 어깨너머로 좀 배우기는 했지만 맛까지 보장할 수 있는 건 아니었다. 게다가 오붓한 한집 식구의 입맛을 제대로 맞출 자신감은 정말 없었다. 어른만 있는 것이 아니고 아이들까지 있어서 아이들 눈치 보기도 여간 힘든 것이 아니었고 아이들 도시락까지 매일 준비해야 했다. 제일 중요한 것은 아이들 입맛이었다. 먹고 싶다는 것을 만들어주어야 하지만 그럴 재간이 없었다. 이런 내가 만든 식사를 먹어야 하는 아이들에게 늘 미안했다.

하루는 이런 일이 있었다. 샌드위치가 먹고 싶으니 만들어 달라는 것이었다. 일단 답변은 했지만 눈앞이 아찔했다. 샌드위치라는 외래어도 처음 들었는데 어떻게 만들어야 할지 전혀 몰랐던 것이다. 북경에는 파출부 아줌마들이 많이 모여 사는 곳이 있다. 낮에는 일하고 저녁이면 이 공간으로 돌아오는 것이다. 이러저러한 대화 속에 주인집을 흥보하는 것은 다반

사였다. 나는 끼어들기가 싫어 늘 외톨이로 외롭게 있었지만 이제 대화에 끼어들지 않을 수 없었다. 샌드위치에 대해 물어봐야 했기 때문이다. 울며 겨자 먹기로 아줌마들 대화에 끼어들면서 기회를 엿보다가 자연스럽게 샌드위치에 대한 내용으로 화제를 끌어갔다. 공개적으로 만들 줄 모르니 알려달라고 하는 것은 쉽지 않았다. 당시 중국 조선족들은 한국에서의 거의 모든 것을 다 알고 있었기 때문에 조선족으로 알려진 내가 그걸 모른다고 말하는 즉시 의아한 눈초리를 보낼 것이 뻔했기 때문이다.

　　　　돌이켜 보면 당시 모른다고 했어도 아무렇지 않았을 텐데. 누구나 모든 것을 다 알고 있어야 하는 법은 없는데 말이다. 괜히 제 발 저렸던 것이다. 어쨌든 샌드위치를 만들 수 있게 되었다. 하지만 15살 중학생 아이가 내가 만든 샌드위치를 받고는 인상을 쓰면서 한쪽 구석으로 밀어버리던 상황은 아직까지도 생생하다. 당시에는 많이 속상했다. 사실 북한에서 누구나 가고 싶어 하는 의학대학 7년이라는 과정을 우수하게 마치고 내과, 소아과 입원실 의사, 의학연구소 연구사로의 과정까지 10여 년을 의료인으로 살아왔던 내가, 주방 일은 해보지도 못했던 내가 먹고 살려고 이런 굴욕을 당하고 있다고 생각하니 슬픔이 걷잡을 수 없이 커졌다.

특히 6살 난, 북한에 두고 온 아들은 지금 이 시각 풀죽 한 그릇도 제대로 먹을 수 없을 텐데 그 아이를 살리고자 떠났던 걸음이 고향으로 돌아가지도 못하고 외국에서 이런 수모로 남아야 했으니 말이다. 이럴 거면 아이 곁에라도 있을 걸 그랬나 하는 생각도 들어서 야속하기 그지없었다. 그날 저녁 숙소에 와서 얼마나 울었던지. 그래도 어쩌랴. 이 비참함도 나를 지켜줄 수 있는 온전한 나라가 없기 때문이 아니겠는가.

한참을 울고 나서 돌이켜 생각하니 주인집 아이들에게도 미안함이 들었다. 좀 더 음식에 자신이 있어서 엄마 곁을 떠나 있는 이 아이들에게 가정식 같은 안정적이고 입맛에 맞는 음식을 제대로 해주었다면 얼마나 좋았을까. 그런 능력을 가지지 못한 것 때문에 교수님이나 아이들에게 한없이 미안했다. 늘 미안한 마음에 진심을 다하여 집안일을 했던 것 같다. 하지만 어른인 교수님은 이해한다고 해도 아이들은 입맛에 민감하니 아버지로서 어쩔 수 없었나 보다. 어느 날 미안하다고 하시며 다른 곳으로 옮기는 것이 어떻겠냐고 하셨다. 그 말을 듣는 순간 어떤 원망도 없었고 속상하지도 않았다. 그냥 미안할 뿐이었다.

당시 교수님은 다른 대학에 교환교수로 오신

여자 교수님께 나를 소개했다. 나에 대해 아무런 확신도 없었을 텐데 다른 분에게 소개한다는 것이 쉽지는 않았을 것이다. 두 분은 한국에서도 같은 학회에서 활동하셔서 서로 잘 알고 계셨기 때문에 나를 떠맡기듯 소개하지는 않으셨을 것이다.

훗날 남자 교수님이 이런 이야기를 했다. 내가 하는 일들이 썩 마음에 들지는 않았지만 우연히 가계부를 보았다는 것이다. 그걸 보면서 '혹시 공부를 했던 사람이 아닐까. 무슨 사정이 있어서 지금 이곳에 있지만 믿음과 신뢰 같은 것이 느껴져 소개했다'고 하셨다.

이후 한국에 와서 남자 교수님께 전화를 드렸다. 어느 대학교 어느 학과 교수라는 건 알고 있었으니 홈페이지에 들어가서 연구실 전화번호를 찾아 전화했던 것이다. 그리고 나에 대해 좀 더 상세히 말씀드리고 북경에 있을 때 본의 아니게 신상에 대해 거짓말하게 되었다는 죄송함도 전했다. 교수님은 전화를 받다가 너무 놀라서 전화기를 떨어뜨렸다고 하셨다.

또 오랜 세월이 흘렀다. 그리고 얼마 전 교수님을 만났다. 지금은 퇴임하셨고 그동안 쭉 내가 언론에 소개될 때마다 기뻤다고 하셨다. 자제분들도 다들 장성해서 결혼까지 했다고 하셨다.

파출부로 일했을 때의 경험은 비참함이나 짜증이나 스트레스를 주었다기보다 어떤 상황에서도 사람은 살 수 있구나, 아무리 어렵고 힘들어도 인생 막바지라는 말은 새로운 방향으로 유턴할 수 있다는 것이구나 하는 희망도 함께 있음을 느끼게 했다. 평소 좋아하는 격언 중 이런 말이 있다. '행복과 불행은 한 지붕 밑에 있고 성공의 옆방에 실패가 산다.' 좋은 일과 나쁜 일은 늘 같은 곳에 있고 차이라고 해봐야 한 곳이라는 말이다. 지금 한 치 앞도 보이지 않는 상황에 처해 있다 해도 마음을 진정시키고 차분히 돌아보면 꼭 출로는 있다. 지금 내가 잡은 것이 비록 불행이라 해도 몸을 조금 틀면 한 지붕 밑에 함께 존재하는 행복도 잡을 수 있다. 어렵고 힘든 일들이 참 많았지만 참되고 진실 된 마음, 포기하고 주저앉지만 않는다면 늘 곁에 있는 또 다른 행운이 보일 것이라 생각한다.

파출부로 만난
인연

　　나의 부족함으로 인해 남자 교수님 댁에서 계속 일할 수는 없었지만 다른 대학교의 여자 교수님께 소개해 주신 덕에 다행히 일은 끊어지지 않았다. 나보다 3살 아래였고 5살 되는 남자아이를 데리고 북경의 모 대학교에서 근무하는 분이었다. 남편도 교수였는데 중국으로 올 상황이 아니어서 함께 생활할 수 없었다고 했다. 남자 교수님 집에서의 일과 크게 다르지 않았다. 다만 5세 아이를 돌봐야 하는 일이 추가되었다.

　　교수님은 나에게 숙식은 어떻게 할 거냐고 물었다. 댁에서 가까운 대학가에 미리 봐둔 곳이 있다고 했더니 함께 가보자고 하셨다. 작은 방 한 칸에 겨우 침대 하나 들여놓을 공간, 그리고 공동 수도, 공동 주방, 공동 화장실을 사용할 수 있는 복도식으로 된 곳. 나에게는 이곳도 감지덕지였지만 그분은 당황하셨다. 한참 서 있다 하시는 말씀. "괜찮으시다면 저희 집에서 함께 지내실래요?" "예?" 정말 나의 귀를 의심했고 진심으로 놀랐다. "함께요?" 고마웠지만 그렇다고 덥석 대답하기에도 걱정이 앞섰다.

조선족 아주머니들을 통해 한국 여성들 비위 맞추기가 힘들다는 이야기를 이미 들었던 터였다. 잠깐 망설이는 사이 여교수는 집세도 절약하면 좋지 않겠냐고 하면서 나를 이끌고 자신의 집으로 갔다. 교수 사택 중에서도 외국인 교수 사택이라 매우 깔끔했고 뒷마당에 작은 정원도 있었다. 다른 외국인 교수들도 지나다니는 모습 때문에 외국에 온 것 같았다. 마음속으로는 그냥 막 좋았지만 음식도 잘할 줄 모르는데 이렇게 아늑하고 좋은 곳에 있다가 나중에 쫓겨나게 되면 비참함이 더 커질 것 같았다.

그런데 여교수님의 말투, 인상, 손동작 하나하나에서 느껴지는 성품 같은 것이 그렇게 사람을 함부로 대할 것 같지는 않게 느껴졌다. 무엇보다 북한을 떠나 지금까지 밑바닥 생활만 했지 이렇게 근사한 곳은 생각도 못 했는데 이게 웬일이란 말인가. 갑자기 하루를 살아도 이런 곳에서 살아보고 싶다는 생각, 쫓겨날 때 쫓겨나더라도 있을 때까지 있어 보자는 생각이 들었다. 참 간사하게도 말이다.

        침실 한 칸, 큰 거실 한 칸, 화장실이 딸린 크지도, 작지도 않은 아담한 공간이었다. 들어가자마자 여교수는 침실로 안내하더니 침대 두 개를 붙여놓으면서 이곳에서 아이랑 셋이서 함께 지내자고 하는 것이었다. 더불어 해야 할 일들을 설명해주면서 '자신이 출근하지 않고 집에 있는 날은 아줌마도 아무것도 하지 않기'로 하자는 것이었다. 누구는 앉아서 놀고 있고 누구는 일하고 있는 것이 같은 사람으로서, 같은 여성으로서 예의가 아니라고 생각하고 마음이 불편해서 싫다는 것이었다. 어찌 된 영문인지 생각할 겨를도 없이 이 상황을 받아들이게 되었다.

        나이가 비슷했던 우리는 저녁이면 침대에 누워 삶에 대하여, 사회에 대하여, 가치관에 대하여, 남성에 대하여, 여성에 대하여 참 많은 이야기를 나누었다. 여교수는 쇼핑을 하게 되면 슬리퍼 하나, 반바지 하나, 립스틱 하나 등 꼭 내 것까지 하나씩 더 사오곤 했다. 출근하지 않을 때는 소파에 앉아 함께 수다를 떨고 공원에 놀러 갔다.

어느 날 그녀가 물었다. '아주머니는 공부를 하셨으면 정말 잘하셨을 것 같은데 왜 공부를 하지 않았나요?' 드디어 올 것이 왔다. 신상에 대하여 궁금하다는 뜻이었다. 다시 본의 아니게 거짓말을 둘러댈 수밖에 없었다. 연변 시골에서 살았는데 공부에 흥미가 있었지만 엄마가 정신병으로 많이 아프셔서 어릴 때부터 엄마를 돌볼 수밖에 없어 중학교도 겨우 졸업했다는 거짓말. 책 읽기를 좋아해 이것저것 많이 읽어서 들은 풍월은 있지만 실제 학문적 지식 같은 건 배워본 적이 없다고도 덧붙였다. 엄마 치료비를 벌고 싶어 한국에 가려고 연변에서 돈을 많이 빌렸는데 이러저러한 사정으로 사기를 당하여 집에도 가지 못하게 된 것이라고 둘러대기도 했다. 그녀의 안타까워하던 눈빛이 얼마나 고마웠는지 모른다. 나를 인정해주는구나, 나를 제대로 느낀 거구나 하는 생각으로 얼마나 큰 감동이 차올랐는지 모른다.

그녀와 생활하면서 사람을 어떻게 대해야 하는지에 대해 참 많이 배웠다. 이렇게 하는 것이 스스로의 품격을 높이는 것이구나 싶었던 것이다.

그렇게 겨울을 넘기고 봄이 지나 어느덧 여름이 되었다. 무더운 여름 7월. 나의 생일이 있는 달이었다. 그리고 생일날 그녀가 생일 케이크를 준비했다. 북한을 떠나 떠돌이 생활을 하면서 생일도 잊고 지낼 만큼 팍팍하게 살았는데 갑자기 받은 생일상이라니. 참 많이 울었던 기억이 난다. 그녀도 8월이면 한국으로 돌아가야 해서 그동안 고마웠다며 인사 겸 준비했다고 했다.

그날 여교수는 한 가지 제의할 일이 있다며 뜸을 들였다. 내가 한국에 가려다가 사기를 당한 것으로 알고 있었기에 지금도 한국에 가고 싶은지 묻는 것이었다. 당연히 가고 싶었다. 그러면 자기가 한국에 가서 '초청장'을 보낼 테니 마음 편히 오라는 것이었다. 당시 한국에 있는 친척이 초청장을 보내주면 크게 돈을 들이지 않고도 한국 대사관에서 비자를 발급받을 수 있었던 것이다.

하지만 조건이 있었다. 한국에 오면 자기 집에서 일을 좀 봐줄 수 있겠냐는 것이었다. 내가 봐주면 둘째를 낳고 싶다며.

제의 자체는 너무 고마웠다. 당연히 그렇게 하겠다고 답변했지만 마음속으로는 안 된다는 걸 알고 있었다. 중국 신분증이 없으니 대사관 비자를 받을 수도 없었다. 즉 여권 자체를 만들 수 없었다. 지금 내가 처한 상황을 말해야 하나 말아야 하나 며칠 동안 고민했다. 말을 하자니 북한 사람과 함께 생활했으니 당황할 것 같고, 돌아가서 어떤 불이익을 받지 않을까 하는 걱정도 들었다. 그러면 나를 얼마나 원망할까. 그냥 모르고 지내는 것이 그녀에게 더 도움이 되지 않을까. 다 털어놓고 정말 고마웠다고 말하고 싶었지만 쉽지 않았다.

그래도 후자를 택했다. 어느 날 저녁 식사 후 맥주 한잔하면서 드디어 시작했다. 북한, 탈북, 그리고 중국에서의 체포 과정을 비롯해 이곳에 오기까지의 상황을. 그녀는 눈물을 흘리기 시작했다.

"미리 말씀하시지요. 제가 좀 더 잘해드렸을 텐데요."

"아니요, 말씀드릴 수 없었어요. 혹시 교수님이 당황하지 않을까 싶어서 조심스러웠어요. 지금까지 저한테 해주신 이 모든 것, 영원히 잊을 수 없을 것 같아요. 진심으로 고마웠습니다. 교수님 앞에서 저는 사람이었고, 인간이었습니다."

그리고 우리 두 사람은 한참을 부둥켜안고 울었다.

"어쩐지 공부한 사람 같았어요. 너무 센스 있고 지적이셨고 영리하셨어요. 그래서 조금 의아하기도 했어요. 공부를 아무것도 못했고 책만 읽었다면서 과연 가능할까 하고요."

우리 두 사람은 그렇게 울고 웃고 했다. 다음날 그녀는 학교에 갔다가 매우 흥분된 얼굴로 돌아왔다. 학교에서 탈북자 관련 뉴스들을 찾아봤고 주변 교수들한테 물었다고 했다. 인터넷으로 관련 기사들을 찾아 읽어보라고 하면서 어쩌면 한국으로 가는 방법이 있을지도 모르겠다고 했다. 자신은 한국에 가면 꼭 알아본다고 했다. 자신이 돌아간 이후에는 북경에 위치한 한국문화원을 찾아가 보라고도 했다. 거기 가면 한국 관련 정보나 소식을 들을 수 있으니 절대 잊지 말라고 당부했다. 앞에서 소개했던 한국문화원에서의 여러 상황들은 이렇게 시작된 것이었다.

여교수는 결국 한국에 돌아갔다. 그리고 나는 한국문화원에서 한국과 관련한 모든 것을 싹쓸이하듯 읽었다. 그녀는 한국에 가서 알아본다고 했지만 사실 큰 기대를 할 수는 없었다. 쉽지 않을뿐더러 그동안 그만큼 잘해주셨으면 됐지 더이상 뭘 기대할 수 있을까? 한국으로 돌아간 지 두 달 정도 되었을 때 갑자기 전화가 왔다. 한국에 와서 이곳저곳 알아보니 자기 수업을 듣는 학생 중 새터민이 있더라는 것이다. 그래서 조용히 만나 어떻게 한국에 왔는지 알아보았고, 중개인이 존재한다는

것을 알았으며, 그 친구가 알려주는 중개인을 찾아가서 만났다
고 했다. 그리고 안전하게 한국에 데려다준다고 확답을 받았다
는 것이다. 자신이 중개 비용은 지불할 테니 중개인에게서 연
락이 오면 지체 없이 들어올 준비를 하라는 말도 잊지 않았다.

한 순간
희망에서 다시 절망으로

　　드디어 중개인과 연락이 닿았고 몇 명과 함께
탈북 대열에 합류하기로 했다. 나를 포함해 중국 여러 곳에서
생활하던 새터민 여성들은 출발을 위해 북경에 모였다. 얼마나
기다렸던 순간인가? 북한을 떠나 중국에서 떠돌이 생활을 하던
과정에 접한 대한민국이라는, 한반도 남쪽 땅의 사람들, 그 사
회에 대한, 자유에 대한 동경이 이어지면서 '대한민국으로의 출
발'은 이곳에서 방황하던 암흑 시절에 내가 가질 수 있는 유일한
희망이었다. 그리고 그 희망 속으로 첫 발을 내디디게 되었다.

　　그렇게 시작되는 여정은 '북경-곤명-미얀마-라
오스-태국-한국으로 이어진다고 했다. 북경에서 기차를 타고 윈

난성 곤명으로 가게 되고 여기서 안내자를 만나게 된다. 다시 곤명을 출발하여 미얀마를 거쳐 라오스를 지나 태국으로 입국하는 거였다. 북경에서 윈난성 곤명까지의 여정은 우리끼리 가고 곤명에서 중개 총책과 만난 후 여기서부터는 중개 총책이 고용한 현지 중개인과 함께 움직인다.

나보다 어린 아가씨 4명을 이끌고 북경을 출발했다. 곤명까지 가는 것이라 먹을 것도 필요하고 마음의 준비도 필요했다. 열차 내에서 무작위로 이루어지는 공안의 검문에 단속되지 않으려면 표정은 편안해야 하고 눈빛은 순수해야 했으며 일행과는 자유롭게 어울려야 했다. 북경에서 곤명까지는 열차로 40여 시간 정도였다. 몇 시 기차를 타느냐에 따라 기차 안에서 2박을 하게 된다. 비싼 기차는 타지 못하고 제일 싼 기차표를 끊었지만 드디어 오매불망 가고 싶었던 한국으로 가는 여정이 시작되었다는 것에 대한 설렘과 흥분, 그리고 순탄치 않을 길에 혹시 모를 위험에 부딪치지나 않을까 하는 두려움이 존재하는 것도 사실이다. 실낱같은 희망도 함께 존재하는 묘한 감정으로 출발했다. 여비를 절약하느라 기차에서 생 라면을 씹어 먹기도 했다.

곤명에서 만난 중국인 중개인은 며칠 동안 우리에게 이제 거쳐 가게 될 중국-미얀마 국경, 미얀마-라오스 국경, 라오스-태국 국경 등 이동 과정에서 주의할 점을 알려주었다. 더불어 만약의 경우를 대비해 대처사항을 주입시키는 것과 함께 한국 사람으로 위장하면서 지나야 하기 때문에 한국 사람으로 보일 수 있게 옷과 신발 등을 준비해주었다.

이동 수단은 주로 보행이었다. 무덥고 습하고 사람도 없는 한적한 시골길을 무작정 걷고, 걷고, 또 걸었다. 여러 사람이 함께 걸으면 이상해 보일까봐 100미터 정도씩 떨어져 앞사람을 바라보면서 묵묵히 걸었다. 동남아의 도로는 포장이 전혀 되어 있지 않고 길가에 사람도 없었지만 자신의 발걸음 소리에도 머리카락이 쭈뼛할 정도로 긴장되고 입안이 바짝바짝 말랐다.

곤명을 출발하여 라오스까지 가는 여정의 안내자는 미얀마 중개인이었다. 우선 중국-미얀마 국경을 넘어야 하기 때문에 미얀마를 잘 아는 사람이어야 했다. 우리는 아무것도 모르니까 시키는 대로 할 수밖에 없었지만 어리숙해 보이는 이 남자를 믿고 가야 하나 하는 생각도 없지 않았다. 어찌 보면 수더분하고 소박한 이미지가 의심을 덜 받을 수 있으니 이도 탁월

한 선택일 듯싶었다.

중국-미얀마 국경을 넘을 때는 걷던 걸 멈추고 작은 지프차로 이동했다. 중국-미얀마 국경은 국경이라 할 것도 없이 정말 허술해 보였다. 하지만 경비 초소가 있었고 통과에 필요한 서류를 요구하는 것이었다. 우리는 국경경비대 앞에서 최대한 자연스러운 포즈를 취하려고 웃기도 하고 멀리 풍경을 가리키며 별거 아니라는 제스처도 지어 보이곤 했다. 당연히 무사통과였다.

중국-미얀마 국경을 무사히 넘고 이제 라오스까지는 다시 도보로 가야 했다. 역시 밤낮으로 걷고 또 걸었다. 미얀마-라오스 국경도 건널목 차단봉 하나만 넘으면 되는 거였다. '이곳이 국경이라니' 하며 깜짝 놀랐지만 국경은 국경이었다. 사전에 중개인과 합의가 되어 있었던 것인지 이곳도 무사히 넘었다.

그렇게 드디어 라오스 메콩강 기슭에 닿았다. 이곳에서 하룻밤을 보내며 몇 시간만 더 긴장하면 새벽 4시에 배를 가지고 오는 또 다른 라오스 중개인을 만나면 되는 것이었다. 이곳까지 우리를 안내한 미얀마 중개인은 눈을 붙여야 새벽에 배를 타고 갈 수 있다고 했다. 메콩강에는 악어들이 있어서 배에서 졸다가 무게중심이 한쪽으로 기울어 물에 빠지면 악어 밥이 될 수도 있다는 말을 덧붙이면서. 좀 자야겠다는 생각은 들었지만 기대와 흥분과 긴장감으로 도저히 잠을 잘 수 없는 밤이었다. 나무로 둘러친 방에 누워서 하늘을 쳐다보며 지나온 많은 시간들을 떠올리다가 나도 모르게 잠들었나 보다.

　　　　얼마나 시간이 지났을까. 부스럭 소리와 함께 밖에서 남자들의 대화 소리가 들려왔다. 우리 모두는 얼른 일어났다. 새벽 4시에 온다고 했던 다음 인솔자가 왔으려니 하고 짐을 챙겨가지고 밖으로 나왔다.

　　　　헌데 이게 무슨 일인지. 경찰이 우리를 체포하려고 온 것이었다. 참 허무하게, 그렇게 우리는 체포되었고 손목에는 차디찬 수갑이 철컥철컥 채워졌다. 힘든 과정을 오롯이 겪으면서 견뎌왔던 모든 시간들이, 지금까지의 희망이 한순간에 물거품처럼 사라지면서 한 치 앞도 예측할 수 없는 절망의 나락으로 떨어지는 느낌이었다. 이것이 지금 우리가 가질 수 있는 유일한 희망이었는데 또다시 이렇게 무너지나 하는 생각에 슬프고 억울했다.

　　　　어떻게 체포되었을까? 무슨 일이 있었던 걸까? 그 순간 중개인은 보이지 않았다. 우리와 함께했던 사람은 어디

있냐고 주인집에 물었더니 자기도 모르겠다고 했다. 중개인이 우리를 밀고하면서 이중으로 돈을 받아 챙겼는지는 모르겠지만 정말 허무했다. 라오스에서 배를 타면 바로 태국으로 갈 수 있는데. 태국은 안전하기 때문에 지금 이곳이 마지막 관문이었는데.

한 발자국 앞에서 희망이 무너져 절망으로 변했던 것이다. 그렇게 우리는 미얀마 경찰서로 끌려갔다. 거기서 조사를 받았다. 여성 경찰이 들어와 우리 모두를 몸수색하겠으니 옷을 완전히 벗으라고 했다. 옷깃 하나하나 훑어보고 몸도 구석구석 살펴보는 동안 스며드는 수치심과 모멸감은 도저히 참을 수가 없었다. 십수 년이 지난 지금 생각해도 온 몸이 부르르 떨린다.

후에 알게 된 일이지만 미얀마 경찰은 우리가 중국에서 미얀마 국경을 넘을 때부터 수상하게 생각하고 뒤를 밟아왔다고 했다. 당시 우리는 태국으로 돈을 벌려고 간다며 둘러댔는데 그들은 매춘 여성들이라 생각하고 뒤쫓았다고 한다. 몸에 소지한 돈이 있지 않을까, 마약 밀수꾼들과 연관성이 있지 않을까 하는 생각도 했다는 것이다.

원하는 것을 얻지 못해서였을까. 실망한 기색

이 역력하던 미얀마 경찰은 결국 우리를 중국 경찰에 인계했고 그날 오후 중국 경찰에 의하여 다시 곤명으로 이송되었다. 북송 위험에 놓이게 된 것이다. 지난번 체포 때와는 차원이 다른, 매우 강력한 위험이었다.

함께여서 가능했던
위기 탈출

　　미얀마에서 중국 감옥으로 이송되는 차 안에서 우리는 초긴장 상태였고 절망에 휩싸여 있었다. 미얀마에서는 북송 위험이 없지만 중국에서는 95% 이상이었다. 지프차 뒤 좁은 공간에 5명을 꼬깃꼬깃 구겨넣은 중국 경찰은 국경을 다시 넘고 있었다. 우리는 참 허무하게도 긴장하며 왔던 길을 되돌아가고 있었다. 정말 억울했고 막막했다.

　　차 안이 너무 좁아서 몸은 제대로 움직일 수 없었으나 손목에 채워진 수갑은 약간 헐거워서 나처럼 작은 손목은 뺄 수도 있었다. 그 순간 많은 생각을 했다. 어차피 북송 되면 처참하게 목숨을 잃을 건데 그렇게 비참하게 죽기보다 지금 달리는 차에서 뛰어내리는 것이 훨씬 깔끔하고 편하지 않을까 하는 생각. 정말 그러고 싶었다. 뒷일의 걱정을 말끔하게 해소할 수 있는 가장 편한, 가장 최선의 방법일 수도 있다는 생각이었다.

하지만 나에게는 나를 의지하고 따라오고 있는 4명의 동생이 있었다. 나이가 제일 많다보니 자연스럽게 리더 격이 되어 있었다. 당장 달리는 차에서 뛰어내리고 싶었지만 내가 흔들리면 안 된다는 생각 또한 들었고 무서워서 벌벌 떨고 있는 동생들에게 안정감을 주어야 한다는 책임감도 떨쳐버릴 수 없었다.

말을 못 하도록 경찰이 감시하고 있었지만 나는 소곤거리며 서로에게 주의를 주었다. "우리는 조선족. 돈 벌러 태국. 고향은 각자 알아서. 무조건 같은 진술 반복, 반복. 원칙 지키자. 서로 믿고 신뢰. 어떤 일이 있어도 우리는 끝까지 함께한다." 공안이 감시하고 있어 길게는 어렵지만 짧게 한마디씩 무한 반복하면서 서로 주먹을 꼭 쥐고 격려하며 다짐했다.

곤명에 있는 중국 공안국에 도착하자마자 공안은 차에서 내린 우리를 건물 벽에 붙여 세워놓고 각각 한 명씩 정면 사진과 측면 사진들을 찍더니 모두 함께 횡렬로 서 있게 하고 사진을 찍은 다음 감방에 가두었다. 이후 개별 조사가 진행됐다. 다른 친구들이 어떻게 진술했는지는 모르겠지만 나는 약속대로 중국 조선족이며 돈을 벌려고 태국으로 가고 있었고 안내하던 중개인이 있었는데 어디로 갔는지 모르겠다고 진술했다. 중국 연변의 주소를 대충 둘러대기는 했지만 불행 중 다행인 것이 당시까지만 해도 중국의 전국 인터넷 연결이 원활하지 않아 공식적인 신원 조회를 할 수 없다는 것이었다.

나는 끝까지 자백하지 않았다. 어린 친구들은 어찌 되었을까. 경찰이 회유하며 너만 집에 보내줄게 하면 무너질 수도 있는 상황이었다. 북송 되면 어떻게 될지 모두 잘 알기 때문에 북송만은 피해야 했다. 누구든 마음이 변한다 해도 원망할 수는 없었다. 이해해야 했다. 그만큼 잡혔을 때의 절망감은 컸고 북송 된다고 생각할 때의 공포는 더욱 컸다. 개개인의 조사를 마치기까지 10일은 걸린 듯했다. 이후 우리는 한 방에 갇혔다.

고맙게도 모두들 처음 약속을 끝까지 지킨 듯했다. 21살 제일 어린 친구(16살에 북한을 떠나 중국에서 떠돌이를 하던 친구입니다)가 마지막까지 조사를 받았다. '너희가 북조선 사람이라는 걸 다 안다. 솔직하게 불면 너만 보내줄게' 이렇게 회유하다가

'다른 사람들은 다 불었는데 너만 아니라고 할 필요가 있느냐. 언니들은 다 집에 갔다'는 방식으로 회유를 하고자 했다고 한다. 그래도 끝까지 언니들과 했던 약속, 누구 한 사람이라도 자기만 살겠다고 마음 바꾸지 말자는 약속을 끝까지 지켜냈던 것이다. 너무 고마웠고, 너무 의젓했고, 너무 장하다고 생각했다.

3월 14일

태국에서 새벽 첫 비행기를 타고 인천공항에 도착했다. 기내에서 착륙을 알리는 맑고 차분한 멘트가 흘러나왔다. "우리 항공기는 잠시 후 인천공항에 착륙하게 됩니다." 기다리고 기다리던 대한민국 입국. 고대하고 고대하던 기쁜 순간. 설레었으되 머릿속은 뒤죽박죽 복잡했다. 애타게 원하던 곳으로 왔는데, 이제 다시 숨어 살고 쫓겨 다닐 일도 없는데, 체포되어 북송 되지 않을까 덜덜 떨 일도 없는데. 왜 마냥 즐겁지만은 않은 걸까?

'북한을 떠나 정말 먼 곳으로 왔구나. 이제 정말 다시 돌아가기 힘든 곳으로 왔구나' 하는 생각이 들었다. 어쩌면 영영 북한으로 돌아갈 수 없을지도 모른다는 생각이 들었다. 내가 언제 다시 북한 땅을 밟을 수 있을까. 내가 태어났고 자라났던 곳, 학창 시절의 재미와 추억이 깃든 곳, 부모님의 산소가 있는 곳, 그리고 사랑하는 아들이 있는 그곳.

　　　　　'다시 돌아갈 수 있을지. 설마, 그래도 언젠가는 돌아갈 날이 오지 않을까. 평생 돌아가지 못할 수도 있다.' 막연한 불안이 피어올랐다. 그럼에도 불구하고 대한민국 행을 선택할 수밖에 없었다. 북한에서의 어려움, 중국에서의 공포. 여러 가지 현실이 이곳으로 떠밀었다. '어쩌다 내 삶이 이렇게 되었을까. 어쩌다 내 인생이 미래를 예측할 수 없는 상황에까지 이르렀을까.' 북송의 위험으로부터 멀어진다는 것이 다행스러우면서도 아프고 서글픈 마음이다.

　　　　　마음속으로는 가까웠지만 현실적으로는 너무나도 먼 나라였던 남조선. 이곳에서는 나를 어떻게 맞아줄까. 간첩이라고 몰아세우지 않을까. 이곳 사람들은 정말 중국에서 만났던 장 교수님이나 최씨 아저씨 같은 분들일까? 기대와 설렘, 그리고 앞날을 예측할 수 없는 막연한 불안과 긴장.

　　　　　드디어 비행기가 활주로에 착륙하고 사람들은 서둘러 내리기 시작했다. 가지고 있던 여권은 위조 여권이라 이미 비행기 안에서 없애버렸다. 어떤 통로를 따라 어떻게 공항을 벗어나 밖으로 나갈지도 매우 막막했다. 그냥 사람들이 몰려나가는 곳으로 따라나섰다. 우르르 몰려나가던 사람들이 한 곳에 멈춰 서더니 책상 위에 놓여 있는 종이에 뭔가를 쓰기 시작했다.

입국신고서. 그것이 뭔지 모르지만 사람들 속에 섞여 빈칸을 채워 넣었다. 이름, 성별, 주소, 전화번호 등 아는 대로, 아니 모르지만 대충 아무렇게나 적어 넣었다. 하지만 단 한 가지 아무리 머리를 짜내도 도저히 채워 넣을 수 없는 빈칸이 있었다. 바로 주민등록번호를 적어야 하는 13칸이었다. 다른 사람들을 곁눈질해보니 숫자 같은 것을 적어 넣는데 별로 생각도 하지 않고 빠르게 적는 것을 보면 이미 잘 알고 있는 어떤 번호인 것 같았다. 대충 아무 숫자나 적을까 하다가 적발되면 더 이상할 것 같아 망설이던 중 다른 친구들도 보니 그들도 몰라서 쩔쩔매고 있었다.

안 되겠다. 다들 불안해하고 있는 상태여서 더 우물거리다가는 신고당할 것 같아서 우선 동생들에게 한쪽으로 비켜서 있게 하고 여행객들이 다 빠져나가기를 기다렸다. 어느 정도 조용해질 즈음 종이쪽지 하나를 들고 보안검색대 앞으로 갔다.

"저기요. 북조선에서 왔는데요." (당시까지만 해도 나는 '북한'이라는 단어보다 '북조선'이라는 단어에 더 익숙했다. 자연스럽게 튀어나온 단어였지만 듣는 공항 직원으로서는 매우 낯선 단어였을 듯하다.)

당당하게 말했지만 사실은 굉장히 모기 소리만 하게 얘기한 것 같았다. 검색대에 계시던 직원은 무슨 말인지 알아듣지 못했다. 북조선에서 왔다는 말을 반복하기 싫어서 종이쪽지를 들어 보였다. '북조선에서 온 사람입니다.' 주변 사람들이 들을까봐 종이에 미리 써두었다. 직원 분은 굉장히 놀란 눈치였다. 혼자냐고 묻기에 저쪽에 긴장해서 서 있는 동생들을 가리키며 일행이라고 답했다. 어디론가 전화하더니 누군가가 나와서 따라오라고 했다.

당시 인천공항의 모습은 너무 황홀했다. 북한에서는 비행기를 타본 적이 없으니 공항은 근처에도 가보지 못했지만 방콕에서 비행기를 탈 때 방콕공항이 너무 크고 멋지다는 것에 정말 놀랐던 기억이 난다. 그런데 인천공항은 그야말로 입이 떡 벌어지는 환경이었다. 인천공항 화장실은 화장실이 아닌 살림집이라도 그렇게 깔끔할 수 없겠다는 생각이 들 정도였다. '발전된 문명 도시가 이렇게 다르구나. 북한보다 잘산다고 생각은 했지만….'

절망의 옆방에 희망이 있었다

안내하던 직원을 따라 어떤 방으로 들어섰고 그는 잠깐 기다리라고 했다. 이제 이 사람들이 우리를 어떻게 할까? 여권이 없다고 태국이나 중국으로 돌려보내지는 않을까? 아니면 안기부로 끌고 가 간첩 임무 받은 것을 자백하라며 고문하지 않을까? 한국으로 온 것을 후회하지는 않을까? 막연한 불안감과 함께 실낱같은 희망이나 기대를 가지고 잔뜩 긴장하고 있었다. 잠시 후 다른 직원이 들어왔다. "대한민국에 잘 오셨습니다. 환영합니다"라는 공식인사와 함께 "오늘은 대한민국에서 남성이 여성에게 사탕을 주는 날입니다"라고 하면서 사탕 하나씩 나눠주는 것이었다. 그날은 바로 3월 14일, 화이트데이였다.

동네아저씨같이 친근한 공항 직원의 말 한마디에 잔뜩 긴장했던 표정이 풀리면서 점차 마음이 안정되었다. 이후 커튼을 친 작은 버스를 타고 어떤 곳으로 이동했다. 그리고 필요한 조사와 절차를 거쳐 정착교육기관에서 대한민국에 대한 여러 가지 정착 교육을 받은 후 정식으로 '주민등록증'을 받으면서 대한민국 국민으로 거듭나게 되었다.

Chapter 3

선택할 수 있는
당신은
행복한 사람입니다

네트워크를 사용하는
나의 첫 외국계 회사

      무슨 일이든 해야 했다. 꿈과 희망을 가지고 온 대한민국이었다. 이곳은 뭐든 내가 원하는 만큼 노력한다면 모두 내 것이 되는 곳이 아니던가. 열심히 일해서 꼭 성공해야지. 말도 같고 문화도 같은데 하물며 외국에서 숨어 다니고 쫓겨 다닐 때만큼 힘들기야 할까 하는 마음이었다. 물론 지금은 생각이 많이 달라졌다. 당시까지만 해도 돈이 많으면 성공이라 생각하고 있었다. 성공하는 데 돈은 매우 중요하지만 꼭 돈이어야 하는 것은 아니었다. 그렇게 생각이 조금씩 바뀌어갔다.

      새로운 땅에서 새로운 사람들과 새롭게 시작한다는 설렘도 있었고 멋지게 성공해 고향으로 돌아가겠다는 미

149

래에 대한 야무진 꿈도 가지고 있었다. 하지만 꿈이 야무지다고 실현까지 야무지게 완성되는 건 아니었다. '과연 내가 무슨 일을 할 수 있을까? 내가 하고 싶은 일은 무엇일까?' 매일같이 이런저런 생각을 했다.

북한에서 내과, 소아과 의사로 재직하던 중 탈북을 했지만 사실 한국 정착을 시작한 초기에 반드시 의료인이어야 한다고 생각하지는 않았다. 전혀 다른 곳에 왔으니 전혀 다른 일을 해보는 것도 나쁘지 않을 것 같았다. 중고등학교 때 하고 싶었던, 진짜 꿈이었던 공부 (나의 꿈은 법학도였다)를 해볼까 하는 생각도 있었지만 일단은 먹고살려면 일을 해야 했다. 공부하려 해도 돈이 있어야 할 수 있는 것이니까.

처음 한국에 왔을 때 북한에서 대학을 졸업했고 의료인이었다는 말은 절대 하지 않기로 결심했다. 한국 사람들의 일반적인 지식 수준이 높다고 느꼈기 때문이다. 나는 대학을 졸업했지만 세상에 대하여, 사회에 대하여 모르는 것이 너무나도 많았고 한국에 와서 대화를 할 수 없을 정도로 빈약한 정보력과 지식 수준에 위축되기도 했었다. 그러다 보니 대학을 졸업했다고 하면 비웃지 않을까 걱정했던 것이다.

돈을 벌어야 했지만 무슨 일을 어떻게 해야 할

지 몰랐기에 막연하게 이러저러한 생각만 하고 있었다. 주민등록증을 받고 나서 한 달 정도 되었을 때 교회에서 만났던 어떤 분이 전화를 주셨다.

"요즘 뭐하세요?"

"그냥 있는데요. 특별히 하는 일은 없습니다."

"답답하지 않으세요?"

"너무 답답한데 뭘 해야 할지 모르겠어요."

"저랑 좀 어디 함께 가볼까요? 요즘 한국 사람들이 무슨 생각을 하고 있고 어떤 일을 하고 있는지 사람 구경 좀 하게요. 그러노라면 뭘 할지 생각날 수도 있지 않을까요? 바람도 쐴 겸."

아주 신나서 함께 근사한 건물로 갔다. 큰 강당 같은 공간에 참 많은 사람들이 있었고 둥근 의자에 삼삼오오 머리를 맞대고 정말 열정적으로 무슨 토의를 하고 있는 것 같았다. 또 다른 몇 개의 방에서는 강사의 열정적인 강의가 진행되는 듯했고 한 강의씩 끝나면 강의를 듣고 나오는 사람들의 얼굴이 벌겋게 상기되어 있는 모습을 보며 강의를 통하여 깊은 감명을 받은 듯했다.

뭔가 그곳은 살아 움직이는 것 같았고 약동하

는 기운이 느껴졌다. 무력하게 매일 매일을 보내고 있던 나에게 는 삶의 회열을 느낄 수 있는 곳이 이곳이구나 하는 생각이 들 었다. 공부하는 것을 좋아했던 나는 어떻게 하면 강의를 들을 수 있냐고 물었고 즉시 강의실로 안내되었다. 하지만 아주 생소 한 강의였고 한 번도 접해보지도 들어보지도 못했던 생활 방식 이었다.

회원 가입을 하고 일상에 필요한 생활용품을 싸게 구매할 수 있고 좋은 제품을 지인에게 소개하면 그 지인도 좋은 제품을 사용할 수 있고 소개비도 나의 통장으로 들어온다 는 것이었다. 당시에는 너무나도 매력적인 방식이라 생각했다. 그런데 이것이야말로 바로 다단계였다.

하지만 나는 단번에 푹 빠져 버렸다. 돈을 버는 구조는 매우 쉽고 간단했고 신기했다. 돈을 벌면서 공부할 시간 이 필요했던 나에게는 더욱더 매력적이었고 무엇보다도 '네트 워크'라는 단어가 너무 마음에 들었다. 외래어가 난무하는 한국 사회에 와서 외국식 단어들에 익숙하지 않아 소외감도 들었는 데 드디어 네트워크라는 외래어를 사용하는 '외국계 회사'에 입 사할 수 있게 된 것이다. 나는 행운아라고 생각했다. 누구나 이 렇게 쉽게 외국계 회사에 취직할 수 있는 것도 아닐 텐데. 한국에 온 지 한 달 만에 이런 매력적인 회사에 취직할 수 있다니 꿈만 같았다.

'이렇게 괜찮은 회사들이 있는데 왜 한국에는 실업자가 많은 거지? 어떻게 나한테 이런 행운이 다가온 거지? 나 진짜 복 받은 사람인가 봐. 여기서 돈 벌어서 꼭 성공해야지.'

다단계는 특성상 인맥이 중요했다. 그런데 한국에서 주민등록증을 손에 잡은 지 한 달이 안 되는 내가 감히 할 수 있을 것 같다고 생각했으니. 그래도 뭐든 열심히 하는 스타일이라 정말 최선을 다해 물건을 팔았다. 우선 같은 아파트에 사는 분들부터 '포섭'했다. 북한에서 온 나의 말을 믿고 구매해 주신 그분들도 정말 순수하셨던 것 같다. 돌이켜 생각하면 죄송한 마음도 많고 감사한 마음도 컸다. 담당 보안관님께도, 당시 통일부 산하 새터민정착교육기관의 원장님께도 물건을 소개하는 등 정말 물불을 가리지 않고 노력했다.

결국 4개월 만에 상당한 등급까지 올라갔고 당시 북한에서 온 생면부지의 남한 사회에 뚝 떨어진 사람이 할 수 있는 꽤 괜찮은 기록으로 강의도 여러 번 했다. 어떻게 물건을 소개했는지, 어떤 식으로 소비자에게 신뢰를 줄 수 있었는지, 어떤 마음가짐으로 이 사업에 임하고 있는지 등의 내용으로 강의를 했다.

하지만 딱 여기까지였다. 4개월 동안 열심히 했고 정착금의 전액을 투자했지만 돌려받았던 금액은 고작 몇 십만 원이었고 한국 사회에 인맥이 없었던 나는 결국 전 재산을 날리고 이 일에서 손을 털었다. 대한민국에 정착한 지 5개월 사이 모든 상황은 정리되었고 깊은 실의에 빠졌다. 한국에서의 정착 과정이 녹록치 않겠구나 생각하면서 미래를 다시 설계하기 시작했다.

새터민들이 한국에 오면 정착 기관에서 여러 가지 교육을 진행한다. 그 중 다단계에 대해서도 교육받는다. 하지만 나는 잘 배워서 정착을 성공적으로 해야겠다는 생각보다 빨리 사회에 나가고 싶다는 조급한 마음이 컸기에 교육에 진심이지 못했던 것이다. 현실에 부딪치면서 터득하기 전에는 마음속 깊이 실감나지 않았던 것도 사실이다. 외래어에 익숙하지 않다 보니 '네트워크'라는 단어에 깊은 매력을 느끼면서 외국계 회사라고 생각했던, 정말 바보처럼 순수했던 시간이었다.

결국 가장 잘할 수 있는 일을 고민해야 했고 그것은 바로 의료인의 길이었다. 대한민국에서 의료인으로 살아야겠다는 목표를 가지고 새로운 도전을 시작하게 되었다.

공무원이 나에게
북한에 갔다 오라고 했다

'이 사회에서 나는 어떻게 살아갈 것인가? 난 무엇을 할 수 있을까?' 결국 내가 제일 잘할 수 있는 일을 해야 했다. 제대로 이 사회에 보답하려면 이 길밖에 없었다. 당시 제일 잘할 수 있는 일, 한의사였다. 한국에서 의사, 한의사, 치과의사 자격을 얻으려면 한국의 해당 대학을 졸업해야 하며 이후 국가고시 시험에 합격해야 한다. 다시 말해 내가 한의사로서 자격을 얻으려면 대한민국 의과대학을 졸업한 자의 자격이 있어야한다는 것이다.

우선 통일부를 통해 '북한 학력확인서'를 발급받았다. 당시 북한이탈주민의 보호 및 정착에 관한 법률은 제

13조^(학력인정), 동법 시행령 제27조^(학력인정기준 및 절차), 고등교육법 시행력 제7조 제2항^(학력인정) 등 관련 법령에 의거, 북한에서 이수한 학교 교육 과정에 상응하는 학력을 인정받을 수 있도록 규정하고 있었다. 이 법조항에 의하면 나의 북한 학력은 한국에서 인정되어야 한다. 하지만 대한민국 의료법 제5조^(의사, 치과의사 및 한의사의 면허) 제3호에서는 '보건복지부 장관이 인정하는 외국의 학교를 졸업하고 외국의 의사, 치과의사 또는 한의사의 면허를 받은 자'에 대하여 예비시험과 국가시험을 거쳐 보건복지부 장관의 면허를 받도록 규정하고 있었다.

　　　　'자, 그렇다면 북한이탈주민은 외국인일까? 대한민국 국민일까?' 북한이탈주민의 보호 및 정착 지원에 관한 법률 제1조는 이북 지역을 벗어난 후 대한민국의 보호를 받으려는 사람들을 위한 법률이라고 규정해놓았다. 제2조 1항에서는 '북한이탈주민'이란 군사분계선 이북 지역^(이하 '북한'이라 한다)에 주소, 직계가족, 배우자, 직장 등을 두고 있는 사람으로서 북한을 벗어난 후 외국 국적을 취득하지 아니한 사람을 말한다고 규정했다.

　　　　여기까지라면 나는 북한을 벗어난 후 외국 국적을 취득하지 않았으므로 중국에 있어도 대한민국 국민이고 대한민국에 들어와서 국적을 취득했으니 더욱더 대한민국 국민이지만 법 적용에서는 다르다는 것이었다. 즉 중국 내 한국 대사관에 들어가서 신변 보호 요청을 한 적이 있던 나는 대한민국 국민으로서 보호받아야 했으며 쫓겨나지 말았어야 했다.

한편 대한민국 헌법 제3조는 '대한민국의 영토는 한반도와 그 부속도서로 한다'로 되어 있으며 원칙적으로 북한은 대한민국의 일부라고 할 수 있다. 하지만 남과 북의 관계가 매우 특수하므로 북한 의학대학을 대한민국 의과대학과 동일하게 보기 힘들다는 것이다. 물론 이에 충분히 동의한다.

우선 통일부에서 발급받은 북한 학력확인서를 가지고 교육부로 갔고 교육부 장관 명의로 된 고등교육법 시행령 제7조 제2항에 의거, 우리나라 한의과대학 6년 과정을 마친 자와 동등한 학력을 인정받았다. 대한민국 의료법에서는 한의대, 의대, 치대, 약대 등 의료 계열 대학을 졸업한 사람이라면 의사국가고시를 치를 수 있는 자격이 심사와는 별개로 학교만 졸업하면 자동적으로 부여된다.

한국 한의대 6년을 거친 자와 동등한 자격을 부여받았으니 한의사 국가고시를 치를 수 있는 자격이 자동으로 주어졌다고 생각했지만 보건복지부는 북한 의과대학을 졸업했다는 것을 증명할 수 있는 서류를 첨부하라고 했다.

입국 후 국정원 조사를 거쳐 신분이 증명된 걸로 아는데 서류가 다시 필요하다고 하니 매우 난감했다. 기획 탈북도 아니고, 어려운 가운데서 경황없이 떠났으므로 이런 서류 같은 건 생각도 하지 못했다. 국가 차원에서 해당 기관과 협력하여 신분을 확인하든지, 아님 북한에 공식적으로 요청하든지 해달라고 하니까 보건복지부 담당 공무원은 그건 어려우니 북한에 가서 서류를 떼어가지고 오면 어떻겠냐고 했다. 너무 놀라서 쳐다보는 나에게 "남북 관계가 예전보다는 좋아졌으니 미화 같은 걸 가지고 북한에 들어갔다 나오면 되지 않겠느냐"라고 했던 것이다. 너무너무 어처구니가 없었다.

"나는 지금 대한민국 주민등록증을 소지한 대한민국 국민이다. 반드시 서류를 첨부해야 한다면 북한에 갔다 오겠다. 단 북한에 다녀올 경우 국가보안법에 어긋나지 않는다는 서류를 정부 차원에서 발급해 달라. 그리고 문제가 발생하면 당신이 책임질 수 있느냐"라고 맞받아쳤다. 물론 그는 아무 말도 하지 못했다.

북한에 다녀오라고 했던 말이 진심이라고 생각하지는 않는다. 증명할 수 있는 서류가 필요하다는 의미를 강조

하고 싶었던 것일 수도 있다. 그래도 어떻게 그렇게 말할 수 있었을까. 그게 무슨 의미인지는 모르는 바가 아니었을 텐데 말이다. 무책임하다는 생각이 들었고 새터민을 만만하게 본다는 생각이 들었다. 정말 내가 그 말대로 북한에 간다고 하면 어떻게 책임지려고.

이렇게도 저렇게도 할 수 없는 상황이라 대안을 제시해 달라고 했더니 한의대를 다시 다니라고 하는 것이었다. 조금 속상하기는 했지만 충분히 공감했고 그에 따르기로 했다. 다시 한의대 공부를 해보자. 한국 법에 부합하는 한국 한의대 공부를 다시 해야겠다고 결심했다.

결국 여러 한의대 문을 두드렸다. 하지만 대학들의 답변은 달랐다. 이미 교육부에서 한국 한의대 6년을 공부한 자와 동등한 자격을 부여했으므로 한의대 공부를 할 수 없다는 것이었다. 한국 교육법은 한 사람이 같은 전공을 두 번 반복할 수 없다고도 했다. 따라서 다른 학과 지원은 가능하지만 한의대는 불가였다.

이 또한 무슨 말인가. 통일부는 북한 학력을 확인해주고 교육부는 한국 한의대 6년 과정을 마친 자와 동등한 학력을 인정해주는데 보건복지부는 교육부 서류를 인정할 수 없으니 북한에 가서 졸업장을 가져오거나 한국 한의대에 편입하라 하고 한의대는 이미 교육부에서 자격을 받았으니 다시 공부하는 것은 법적으로 해당 사항이 아니라는 것이다.

이제 어떻게 해야 할까? 통일부, 교육부, 보건복지부, 해당 의과대학들의 입학처는 모두 같은 정부 하에서 같은 정책이나 같은 법적 기준을 적용받을 것이다. 그런데 이렇게 서로의 해석이 다르면 힘없는 민원인은 어떻게 해결 방안을 찾을 수 있을까?

자유를 찾아 대한민국에 왔고 북한보다 훨씬 민주적이고 열린 사회라 생각했던 것과 달리 남한의 꽉 막혀 있는 이해할 수 없는 벽 앞에 주저앉고 말았다. 너무 억울했다. 모순이라는 생각이 들 수밖에 없었다. 반드시 풀어야 했고 해결해야 했다.

남북이 언제 통일될 지도 알 수 없으니 남북 보건 의료마저 언제 통합이 될지 아직은 요원하다. 하지만 우리는 늘 남과 북이 하나가 될 수 있다는 전제 하에 살아가고 있다. 그리고 북한에는 수십만의 의료인이 존재한다. 통일이 되면, 통일이 아니라도 인접해 있는 남북한은 분명 여러 질병에 영향을 미칠 수 있다. 따라서 북한 의료는 대한민국 국민의 건강을 지키는 데도 중요한 부분이다. 그러므로 훗날 북한 의료인들의 자격 심의를 어떻게 하고, 남북 보건 의료를 어떻게 이해하며, 어떤 수준으로 평가할지, 앞으로 어떤 식으로 협력해 나갈지에 대해 대책을 세워야 할 것이다.

　　　　　이런 식으로 무작정 배척한다고 될 일은 아니라는 생각이 들었다. 결국 나는 대한민국 국회의원들에게 전하는 진정서를 들고 국회로 발걸음을 옮겼다.

선택할 수 있는 당신은 행복한 사람입니다

국정감사의
연단에 서다

        국회의원들에게 드리는 진정서를 들고 당시 여야 국회의원들을 찾아가서 하소연이라기보다 상황을 설명하고 가능한 방법이 없을지 문의했다. 처음에는 여당, 야당 국회의원 양쪽 모두를 찾아다녔다. 대부분 상황이 안타깝다고 하셨지만 '법이 그러니 방도가 없다. 그냥 그렇게 살아갈 수밖에 없지 않겠느냐'는 다소 뻔하면서 인위적인 답변만 받았다.

        각고의 노력 끝에 만난 단 한 분, 김현미 의원님은 다른 여야 의원님들과는 다르게 받아주셨다. 우선 나의 하소연을 끊지도 않고 처음부터 끝까지 다 들어주셨다. '한국이 아직 새터민에 대한 법률에 미숙한 부분이 많다. 새터민들의 한국 사회 정착 과정에 문제가 되는 부분들은 하나하나 찾아서 점차 수정해 나가는 것이 필요하다. 동료 의원님들과 상의해서 잘 해결하도록 해보겠으니 용기 잃지 말고 정착 잘해달라'고 위로하셨다. 그 말씀만으로도 너무 고마워 의원님 앞에서 펑펑 울었던 기억이 아직도 새록새록하다.

의원님께서는 내가 들고 갔던 '국회의원님들에게 드리는 진정서'를 '대한민국 국회에 드리는 청원'으로 바꾸고 새터민 정착 지원 법률 개선 및 재북 학력 인정 심의에 관한 문제를 정식으로 국회에 상정해주셨다. 그리고 나를 그해 가을 국무조정실 국정감사에 참고인 자격으로 세워주셨다.

당시 야당에서는 새터민이 무슨 국정감사 참고인이냐며 승인을 해주지 않아 국정감사 전날까지도 참석이 미정이었지만 김현미 의원님은 새터민 정착에 대한 문제가 중요하다고 야당 의원들을 끝까지 설득하였고 결국 새터민 최초로 국정감사에 참가했을 뿐 아니라 여야 국회의원들 앞에서 발언할 수 있는 기회를 가지게 되었다. 이로 인해 북한에서 온 의료인들의 자격 심의 및 인정을 위한 논의는 사회적 이슈가 되었다. 이후 북한에서의 자격증을 준비하지 못해도 한국에서 의대 교수들과의 면접을 통하여 북한에서 의료인이었는지를 확인해 국가고시를 치를 수 있게 되었다.

이렇듯 나의 오늘은 많은 고마운 분들의 도움으로 만들어졌다고 할 수 있다. 그해 국정감사 첫 날 국무조정실 국정감사 당시 나는 여야 국회의원들 앞에 섰다. 지금까지 상황을 소상히 말씀드렸던 것이다. '북한에서 의학대학 7년, 의사 생활 10여 년이었고 한국 의료법에 맞게 시험 자격을 얻고 싶었는데 시험은 안 된다고 한다. 분명 교육부에서 한국 한의과대학 6년을 공부한 자와 동등한 자격을 인정해준다고 했지만 시험 자격은 줄 수 없으니 북한에 가서 대학 졸업장을 가져오거나 한의대 편입을 권유받았다. 한의대에 편입하려고 대학에 가니 한국 법에는 한 사람이 같은 전공을 두 번 공부할 수 없다고 한다. 이미 교육부에서 한의대 졸업자와 동등한 자격을 부여했으니 한의대는 안 된다, 다른 학과에서 공부하라고 한다' 등 지금까지의 상황에 대해 말씀드렸다.

당시 나의 요구사항은 다섯 가지였다. 첫째, 북한에서 온 의료인들의 국가고시 자격 심의를 위해 북한에 가서 서류를 가져오는 방법이 아닌 보다 합리적인 방법으로 할 수 있게 해 달라. 둘째, 의사 자격시험을 치를 수 있는 기회를 달라. 셋째, 북한이탈주민의 보호 및 정착 지원에 관한 법률도 필요한 부분이 있으면 개정해 달라. 넷째, 같은 전공을 두 번 공부할 수 없다는 법 조항이 있다면 확인하고 다시 한 번 검토해 달라. 다섯째, 북한에서 의사였다고 한국에 와서도 무조건 의사를 하겠다는 건 아니다. 다만 검증받을 수 있는 기회를 달라. 마지막으로 덧붙여 '국회에서 해결해주지 않으면 하소연할 데가 없다'였다.

지금 김지은이라는 개인이 국회에 이런 청원을 하지만 이것은 김지은 개인의 문제가 아니었다. 북한에는 몇십만 명의 김지은이 있다. 이는 통일이 된다고 가정할 때 북한에 있는 몇십만 의료인들의 자격 심의를 어떤 기준에서 어떤 방법으로 진행할 것인가에 대한 예선전이자 그 준비의 기초였다. 지금 이 문제를 개인 문제로 치부해 버리고 대충 넘어간다면 다가올 미래, 남한과 북한의 보건 의료가 통합되는 시기가 왔을 때 그때는 이미 늦다고 생각했다. 북한에서 온 의료인들을 통하여 북한 보건 의료 정책과 의료 시스템, 의과대학 교육 과정과 교육 수준, 보건 의료 현실 등에 대한 정보들을 취득하고 분석해서 후대에 남겨주어야 다음 세대들이 새로운 환경에서 정치할 때 도움이 될 수 있을 것이다.

당시 국정감사장은 찬물을 끼얹은 듯 조용했고 아무도 제 말에 대꾸하지 않았다. 결국 나는 시험을 통해 한

의과대학에 편입하여 공부할 수 있는 기회를 얻었다. 하지만 한의대에 편입하기로 했다고 하자 지인들의 만류가 이어졌다. '그 나이에 무슨. 어떻게 한의대 공부를 따라가려고. 이제 와서 무슨 다시 공부를. 먹고살기도 힘든데. 돈 벌어야지' 등등.

하지만 나에게는 한국 의료를 배운다는 것이 중요했다. 북한과는 많이 다른 한국의 교육 과정과 교육 수준, 교육 방법은 물론이고 대학 과정을 통해 얻게 되는 교수님들과 동기들과의 끈끈한 인간관계 등을 갖고 싶었다. 이후 3년이 지나 2007년쯤 통일부에서 북한 의료인들도 시험 자격을 받을 수 있으니 시험을 치르라는 전화가 왔다. 당시 나는 한의과대학 본과 3학년이었고 1년만 있으면 본과 4년을 마치면서 졸업하는 시점이었다. 이제 시험을 치르는 것보다 현재 하고 있는 한의과대학 편입 과정을 마치면 명실공이 나 김지은은 남한과 북한에서 한의과대학 정규 과정을 모두 마친 한반도 7,000만 명 중 유일한 한 사람이 되는 것이었다. 그러니 중간에 포기할 수 없었다. 끝까지 공부를 마치기로 결심했다. 타이틀이 중요한 건 아니지만 그렇다고 무시할 수도 없는 것이 대한민국 사회이다. 그걸 느꼈고 배웠다. 민망하고 어색해도 의연해야 한다고 생각하지만 이성과 현실의 충돌 사이에서 때로는 이기적인 나를 발견

할 때도 많다.

이제 남북 의료와 관련한 건 어느 정도 비교할 수 있게 되었다. 대학에 다니지 않고 국가고시만 치렀다 해도 한의사 생활을 하는 데 전혀 문제가 없었다. 하지만 남북한 보건 의료 통합을 위한 준비를 하려면 남과 북의 의료인 양성을 비롯한 보건의료 전반을 비교하면서 장단점을 분석하고 보다 높은 차원의 시스템을 연구할 수 있는 기초를 마련하기 위한 준비를 해야 했던 것이다.

이후 언론에서는 나를 '남북한 통합 1호 한의사'로 소개하곤 했다. 하지만 북한에서 한의사로 일하시다가 남한에 와서도 한의사 하시는 분들이 꽤 많다. 나보다 먼저 한의사가 되신 분이 계시기도 하다. 그럼 1호가 무슨 의미냐고 의문이 있을 수 있다. 내가 '남북한 통합 1호 한의사'라 불리는 이유는 남북한 한의과대학 정규 과정을 모두 졸업했기 때문이다. 이후 나는 한의사 국가고시에 합격하면서 대한민국 한의사 면허증을 소지한 대한민국 한의사가 되었다.

북한 의대, 한국 의대
무엇이 다를까

나는 북한의 어느 지방에서 내과 의사이자 소아과 의사로 일하던 중 탈북 했다. 그리고 지금은 한국에서 한 의사로 살아가고 있다. 그러다 보니 가끔 주변인들로부터 북한 의사와 한국 의사는 무엇이, 어떻게 다른지에 대한 질문을 받는다. 한마디로 대답할 수 없는 부분이다. 우선 남북한 이념이 다르고 의료 체계가 다르고 의과대학 과정이 다르고 의료 시스템이 다르다.

몇 년 전 간호대학 학생들과 함께하는 세미나에서 통일 의료 관련 발표를 한 적이 있었다. 발표 후 질문을 받게 되었는데 한국의 간호대학 학생 질문에 상당히 당황했던 기억이 있다.

"북한에도 의과대학이 있나요?"

그동안 얼마나 정보가 부족했는지를 여실히 보여주는 질문이었다. 어떻게 의과대학이 있냐는 질문을 할 수가 있지? 그 학생만 그렇게 생각했던 것일까? 사실 이 질문을 받는 순간 처음에는 황당했고 다음에는 슬펐다. 북한에 의과대학이 있는지조차 모르고 있다는 현실이 슬펐다. 북한에 의과대학이 없을 수도 있다고 생각하는 것도 슬펐다. '아, 이것이 현실이구나.' 많이 알려야겠구나 하는 결심도 하게 되었다.

북한에는 14개의 의학대학이 있다. 참고로 북한에서는 의과대학이 아니고 의학대학이라 말한다. 각 도에 위치한 1개의 의학대학과 평양의학대학을 비롯하여 특별하게 설치된 의학대학을 포함하면 그러한 숫자가 나온다. 군의대학들은 제외했다.

나는 함경북도 청진시에 있는 청진의학대학 고려의학부를 졸업했다. 고려의학부는 한국의 한의학과에 해당한다. 한국식으로 이해한다면 한의학과 졸업생이 양방 내과와 소아과 의사로 근무했다는 뜻이다. 이 부분은 한국이 가장 이해하기 힘든 부분일 것이다.

북한 의대와 한국 의대의 차이

1. 고려의학부, 즉 한의학과를 졸업하고 양방의사를 할 수
   있다.

북한은 '양방학적 진단에 한의학적 치료'라는 양한방 협진
의 치료 원칙을 내세우고 있다. 고려학부생에게 교육하는
양방 과정이 매우 많은 것이다. 대학을 졸업하면 고려학부
졸업생에게 고려의사 자격(한의사 자격)과 양방의사 자격을 모
두 부여한다. 아이러니한 것은 양방의사에게는 고려의사
자격(양방의사 자격)을 부여하지 않는다.

2. 북한 의학대학 졸업생은 의사국가고시를 보지 않는다.

한국은 졸업 시험 후 의사국가고시가 있지만 북한에는 없
다. 대신 북한은 졸업 시험 자격이 매우 까다롭다. 대학 전
과정을 마친다고 누구나 다 졸업 시험을 보는 것은 아니다.
졸업시험을 치르려면,

* **외국어 원서 300쪽 번역**(책 한 권 분량)

* **해산방조 10명**(양방의사, 한방의사 모두 해당)

* **군진의학 수료**(전시 상황에서 응급 환자 구조에 대한 이론 및 실습-핵무기,

생물학무기 등 피해 시 응급 구조)

* 졸업 실습 리포트 제출(졸업 마지막 6개월간 병원에서 진행)

이러한 과정을 완벽하게 통과해야 한다. 그리고 졸업 시험
은 3일간 매우 **까다롭게**(필답 및 구답) 치르게 된다.

3. 북한에서는 졸업 후에도 3년에 한 번씩 자격시험을 다시
   치른다.

의학대학을 졸업하면 6급이라는 의사 급수가 주어지며 이
후 3년마다 자격심의 시험을 치르면서 급수를 유지하든가
급수를 올리든가 한다. 급수가 올라가면 급여까지 올라가
므로 의미가 크다. 3년마다 한 번씩 치르는 의사 자격시험
은 해마다 졸업생 명단을 기준으로 자동 지정되기 때문에
본인이 신경 쓰지 않아도 명단이 내려온다. 국가에서 일률
적으로 관리하기 때문에 이유 없이 누락될 수 없으며 이유
없이 누락될 경우 의사 자격 박탈에 이른다. 시험을 치르지
않아도 되는 이유로는 시험장에 올 수 없는, 매우 큰 신상
문제가 있는 경우에만 허용된다.

3년마다 한 번씩 의사 자격시험을 다시 봐야 한다면 한국
의사들은 어떻게 생각할까. 3년마다 시험을 다시 본다는 것

은 매우 번거롭고 짜증나는 일이다. 나도 그랬다. 하지만 개인적으로 좋았던 점이 있었다. 딱 한 가지. 바로 같은 년도 졸업생들이라면 늘 같은 해에 시험을 치르기 때문에 주기적으로 대학 동기들을 만나게 된다는 것. 그것만은 즐거웠던 추억이다.

4. 북한 의료는 양한방 협진이다.

북한은 고려의사(한의사)도 일반 주사, 링거, 모르핀을 비롯한 마약성 진통제 등 소염제, 항생제를 처방할 수 있으며 양방의사도 진료 중 침 치료를 할 수 있다. 그리고 환자 상태에 따라 필요한 경우 양방의사는 고려의사(한의사)에게 환자를 의뢰하고, 고려의사(한의사)는 양방의사에게 의뢰하여 함께 환자를 치료한다. 하지만 이러한 북한 의학대학 교육이나 의료 시스템이 무색할 만큼 보건 의료 현실은 열악하다.

한의원 개원,
홍보는 하지 않겠습니다

한의대 졸업 후 개업을 할까, 취업을 할까. 선택의 귀로에 서게 되었다. 솔직히 개업도 어렵고 취업도 쉽지 않았다. 하지만 마음은 개업에 더 쏠려 있었다. 내가 가지고 있는 콘텐츠와 꿈을 가지고 나만의 그림을 그려가며 완성해보고 싶었던 것이다.

내 이름을 내건 한의원을 가지고 싶었다. 북한에서 대학을 졸업하고 병원에 취직하고 늘 조직에 얽매어 있는 생활을 했다. 직장생활은 그렇다 치더라도 숨이 막히도록 짜여 있는 체제 하에 사유재산 취득이 허용되지 않았던 사회에서 오랫동안 살다가 남한에 왔으니 내 소유인 것 같은 개인 한의원을 개원하고 싶었다. 작은 공간이라도 내가 주인이 된 공간이면 괜찮았다.

하지만 자신의 이름으로 사업자등록증을 내걸고 한의원을 개원한다는 것이 말처럼 쉬운 일은 아니었다. 사업 운영에 대한 개념이 있어야 하고 직원을 통솔할 수 있는 리더십도 있어야 하고 무엇보다 장소를 임대하고 인테리어를 해서 환자 치료가 가능한 형태로 갖추려면 돈이 있어야 했다.

대한민국 땅에 친인척이라고는 단 한 명도 없는 혈혈단신 내게 그나마 믿을 수 있는 징표는 오직 '한의사 면허증'뿐이었다. 전문직 면허가 있으면 은행에서 돈을 빌리는 것이 조금은 자유로울 수 있다는 이야기는 익히 들었지만 과연 빌릴 수 있을지, 또 얼마나 빌릴 수 있을지는 알 수 없었다.

면허증을 가지고 어느 은행으로 갔다. 지점장은 여성분이었고 어찌어찌하여 그 앞에 섰다. 될지 안 될지 모르지만 이 은행이, 은행 책임자인 이 분이 나를 최대한 신뢰할 수 있게 설득했다. '북한에서 의사였고 한국에 와서 한의대를 졸업했고 한의원을 개원하려 하는데 돈이 없습니다. 북한에서 가지고 있던 경험을 살려서 이러저러한 한의원을 만들고 싶습니다. 첫 3년, 다음 5년, 다시 10년, 그리고 20년 될 때는 이런 모

습으로 성장하고 싶습니다. 저와 함께해주십시오. 도와주십시오. 부탁드립니다.'

감성으로 마음을 움직여보고자 개인사까지도 주저리주저리 말씀드렸다. '6살 아들을 북한에 두고 왔습니다. 한국 사회에서 꼭 성공해 아들을 데려오고 싶습니다. 아들이 너무너무 보고 싶지만 참으면서 학업에 매진했고 이제 그 열매를 맺기 위한 시간이 되었습니다. 그런데 돈이 없습니다. 도와주십시오.'

너무 절절했던 것일까? 자신은 아들 둘이 있는데 그 중 한명은 해외 유학 중이라고 하셨다. 본인도 지금 유학 중인 아들이 너무 보고 싶은데 하물며 6살 아들을 북한에 두고 왔으니 얼마나 보고 싶겠냐며 오히려 나를 위로했다. 인간적으로 마음을 열어주셨던 것이다. 결국 대출을 받았고 개원을 했다.

개업을 하면 보통 홍보를 해야 한다. 하지만 나는 홍보를 하고 싶지 않았다. 처음 개원했을 때 주변의 많은 분들이 조언을 주셨다. '홍보를 하라고, 해야 한다고.' 그렇지만 나는 고집을 부렸고 그 흔한 전단지 하나 뿌리지 않았다. 개업 첫날 환자는 '7명'이었다.

사실 홍보를 하지 않은 데는 이유가 있었다. 언

감생심 혼자서 김칫국을 마시는 것일 수도 있겠지만 환자가 너무 많이 오면 큰일 나겠다고 생각했던 것이다. 한국 시스템을 잘 모르다보니 한의원을 찾게 될 한국 환자들의 성향도 몰랐던 것이다. 더군다나 사업체를 운영해본 경험도 없었다. 또한 실력이 확실하게 받쳐줄 것이라는 믿음이 없었다. 소심했고, 두려웠고, 허둥거리는 나의 모습이 그려져 도저히 엄두를 낼 수 없었다. 갑자기 많은 환자들이 내원하고 준비가 안 된 나 때문에 오히려 환자들이 실망하게 되고 오시던 분들까지 떨어질 수 있다고 판단했던 것이다. 느긋하게 준비하고 파악한 뒤 적응할 수 있는 기간이 필요했다.

뿐만 아니라 생명을 걸고 하는 일에, 그 고귀함과 신성함에 대한 행위를 상업적인 광고로 흐릴 수는 없었다. 의료는 인술이라 배웠고 그렇게 생각하고 살았다. 진심을 담아 최선을 다하면 광고 같은 건 필요 없다고 믿었다. 북한에서 가졌던 사고방식이 은연중에 많이 내포되어 있었던 것이다. 하지만 나를 알리면서 홍보하는 것이 얼마나 중요한 일인지, 홍보가 단순히 의료의 상업화 의미로만 해석할 일이 아니라는 것을 절실히 느끼게 되었다. 물론 꽤 시간이 지난 후의 일이다.

병원에
환자들이 많나요

　　마이너스 통장을 한 푼도 사용하지 않고 은행에 그대로 반납하고 한의원 개원 후 홍보도 하지 않고, 어찌 보면 순수해 보이기도 하지만 상당히 무모한 도전을 시작했다. 개원 후 홍보가 없으니 오히려 한의원 근처 주민들은 잘 몰라도 지인들이 와주시는 덕에 그럭저럭 견뎌냈다.

　　사업체를 운영해본 경험이 전혀 없었던 나는 한의원에 근무하는 직원들은 어떤 조건으로, 어떤 능력을 가진 사람을 채용해야 하는지도 몰랐고, 간호사들이 어떤 일을 어디까지 해야 하는지도 몰랐으며, 급여는 어느 정도 책정해서 어떻게 지불해야 하는지도 몰랐다. 근로계약서는 어떻게 작성하고 한의사와 직원은 어떤 관계여야 하는지도 몰랐고, 무엇보다 가장 큰 문제는 세무 처리는 어떻게 해야 하는지도 모르는 등 모든 것을 모르는 그냥 흰 가운만 입은 의사였다. 오직 자신감 넘치게 가지고 있었던 건 환자에 진심을 다하겠다는 마음 하나뿐이었다.

'병원에 환자들이 많나요?' 점차 시간이 지나면서 북한에서 온 의사가 진료하는 한의원이라는 소문이 나기 시작했고 많은 사람들로부터 여러 가지 질문을 받게 되었다. 가장 이해되지 않았던 질문은 '병원에 환자들이 많나요?'였다.

이 질문이 타당하지 않다고 느꼈던 이유는 병원에는 당연히 환자가 없어야 한다는 생각을 가지고 있었기 때문이다. 병원에 환자가 없다는 것은 아픈 사람이 없다는 것이고 그것은 곧 건강한 사회라는 의미로 해석하고 있었기 때문이기도 했다. 어찌 보면 정말 얕은 생각이었다. 한 면만 보고 다른 면을 보지 못했으니까. '왜 이렇게 말도 안 되는 질문을 하는 걸까.' 미안하지만 지극히 성립되어서는 안 되는 질문이라고 생각했다, 당시에는.

'진료비 안 받으면 안 돼요?' '진료비는 왜 받아야 하는 걸까?' 자본주의 사회이니 치료받으면 당연히 돈을 내야겠지만 65세 이상 노인 분들에게 돈을 받는다는 것이 정말 내키지 않았고 마음이 불편했다. 65세 이상 분들에 한해서는 국가에서 관리하는 건강보험 상 일정 금액 이상 진료비를 올리지 못하게 되어 있기 때문에 어떤 치료를 하든 늘 1,500원까지만 받을 수 있었다. 간혹 1,300원이나 1,400원일 때도 있지만 1,600원이나 1,700원일 때도 있었다.

사실 진료비 100원, 200원 차이에 굉장히 민감하게 반응하시는 분들이 생각 외로 많다. 꼬깃꼬깃해진 돈을 조심조심 꺼내어 지불하실 때의 표정을 살피면 늘 미안하고 조마조마했다. 마음 같아서는 돈 안 받고 치료해드리고 싶은데. 진료비를 지불할 여력이 있으면 받고 그렇지 않은 환자분들은 그냥 치료해주고 싶은데. 물론 의료법상 환자 유인 행위에 해당하니 그럴 수도 없었다.

그러다 보니 진료비를 받는 것이 늘 괴로웠다. 결국 진심으로 괴로워서 친구에게 털어놓았다. 당연히 받아야 하는 일이기는 하지만 마음이 늘 불편하고 미안하고 괴롭다고 했다. 그러자 친구가 뜬금없이 이렇게 물었다.

"너, 점심은 근처에서 사먹어?"

"응."

"점심값은 얼만데?"

"글쎄. 조금씩 다르지만 기본적으로 6,000~6,500원 정도 하지."

"왜 그렇게 많이 줘? 한 3,000원 정도에 달라고 하지."

"어떻게 그래? 그분들도 먹고살아야지."

"그렇지, 바로 그거야. 내 생각에는 점심 한 끼에 들어가는 재료값이 2,000원 정도 아닐까 생각해. 하지만 우리는 6,000원을 주고 사먹어. 식당 자릿세, 종업원들 월급, 그런 거야. 병원도 마찬가지야. 당연히 돈을 받아야 하고 그 돈으로 너는 한의원 관리비 내고, 직원 월급 주고 하는 거야. 그것이 자본주의 원리인 거야. 진료비 1,500원 받는 거 미안해하지 마. 그런 생각 계속 가지고 있으면 대한민국에서 적응하기 힘들어. 그리고 1,500원 안 받는다고 그 사람들이 너한테 무조건적으로 고마워하지 않아. 돈은 받을 만큼 받고 최선을 다해 치료해주면 되는 거야."

친구는 아주 깔끔하고 이해하기 쉽게 설명해주었다. 무상 치료 체계 속에서만 살아왔던 사고방식, 물론 지금의 북한은 무상 치료라고도 할 수 없지만 오직 그것만이 우월

하다고 생각했던 가치관, 아픈 사람에게는 그렇게 해야 한다는 것을 당연시하던 관점들을 돌아보면서 서서히 생각을 정리하기 시작했다.

우선 치료하고 돈 받는 것에 익숙해지기 위해 마인드컨트롤을 하기 시작했다. '치료하고 진료비 받는 건 당연한 거야. 내 노력과 지식이 들어갔으니 미안해하지 말아야지. 미안해하지 말아야지.'

하지만 마음만 가진다고 되는 일은 아니었다. '환자분들이 자신들이 내는 치료비에 대하여 아깝지 않고, 억울하지 않다고 생각할 수 있게 해야 하는데. 그러려면 어떻게 해야 할까. 이렇게 하면 좋아하실까. 저렇게 하면 좋아하실까?' 여러 가지 생각을 하면서 점차 적응하고 익숙해지기 시작했다. '나 스스로가 환자분들에게 미안하지 않도록 내가 가진 역량을 최대한 동원하자. 그것이 환자를 대하는 마음이든, 의료 행위든.'

점차 한의원에 환자들이 많아지기 시작하고, 나의 진료 스타일을 좋아해주기 시작하면서 자신감이 붙기 시작했다. 많은 환자분들께 나를 알려 나의 진료를 받게 하면 좋겠다는 생각, 나의 이 진심어린 마음과 진료 행위를 그분들을 위해 쏟아 붓고 싶다는 생각이 들었다. 결국 이렇게 홍보의 필요성을 느끼게 되었다.

필요한 환자분들이 많이 찾아와서 진심어린 나의 마음과 함께 최선을 다하는 나의 치료를 받을 수 있게 하는 것. 결국 한의원에 많은 사람들이 찾아오게 하는 것, 나를 알리는 것, 이런 것이 홍보구나 싶었다.

'홍보는 안 한다고 하더니, 그렇게 잘난 척하더니' 하고 비웃는 분이 계실 수도 있었다. 하지만 차분하게 하나하나 알아가면서 터득했던 시간들을 결코 후회하지는 않는다. 물론 처음부터 광고도 적극적으로 하고 치료도 열심히 하고 진료비도 제대로 받는 것에 대해 당연하게 생각했었어도 결코 그것이 나쁘거나 속물스러운 일은 아니라고 생각한다. 하지만 늘 환자가 먼저였고, 환자를 편안하게 하고 싶었던 마음이 먼저였다고 변명하고 싶다. 그런 마음가짐이 있었기에 환자에게 받는 진료비의 무게가 귀하고 무거웠으며, 그 무게를 감당하기 위한 노력을 끊임없이, 최선을 다해서 해야겠다는 생각을 하게 된 것이다.

한의원을 처음 시작할 때 직원 2명, 아르바이트생 1명이었다. 점차 찾아주시는 분들이 많아지면서 한의원 직원은 8명으로 늘어났다. 뿌듯하고 재미있는 또 다른 느낌의 생활이 시작된 것이었다.

진짜 같은
거짓말

선택할 수 있는 당신은 행복한 사람입니다

    익숙한 사람에게는 아무것도 아닌 것이 전혀 다른 문화권에서 살다 온 사람에게는 새로우면서도 당황스럽게 하는 경우가 많다. 특히 한반도와 같이 같은 역사를 가지고 있고 같은 언어를 사용하고 있는, 그래서 당연히 많은 부분이 같을 것이라 생각하고 있기 때문에 습관적이고 일상적인 것들이 다른 누군가에게도 습관적이고 일상적일 거라 생각하는 경우가 많을 것이다.

    중국에서 방황하는 동안 나의 최종 선택지를 어디로 결정할 것인가에 대한 생각을 꽤 많이 했었다. 그냥 미국으로 갈까, 유럽으로 갈까? 아니면 동남아 정글 속에 숨어버

릴까? 물론 원한다고 해서 어디든 마음대로 갈 수 있는 것은 아니었지만 여러 가지 가능성에 대해 수없이 생각했었다.

최종 정착지를 한국으로 선택한 것은 최소한 말이 통하니 잘 모르거나 어려운 문제에 대해 누구에게나 물을 수 있고 억울하거나 답답하면 필요한 곳에 읍소라도 할 수 있으니 적어도 외국보다는 훨씬 편하게 소통할 수 있을 거라 확신했다. 그렇게 나름 많은 고민 후 한국행을 선택했으나 말이 통하는 사회에서도 이해되지 않는 부분이 사실 너무나도 많았다. 이런 것이 문화 차이가 아닐까. 분명 같은 언어를 사용하지만 그 의미가 다르게 전달되거나 발음은 한국 발음이나 의미는 외래어인 경우도 많고 신조어, 줄임말 등 많은 것이 이해하기 어려웠고 소통의 부재가 너무 심하게 느껴지기도 했다.

입국 초기에는 북한에서 왔다는 말을 하기도 싫었고 신분을 최대한 감추고 싶었기 때문에 솔직하게 털어놓고 물어보지도 못하다 보니 점점 더 소외감이 느껴졌다. 무슨 일이든 해야 했는데 어떤 일을 해야 할지도 너무 막연했다. 보통 한국 사람들은 대한민국 정부에서 새터민들에게 일자리까지 다 해결해준다고 생각하지만 그렇지는 않았다. 다만 어디에 어떤 일자리가 있으니 지원해 보라는 정보 정도 주는 것이 전부였다. 이것도 정부에서 해주는 건 아니고 정착 도움을 주시는 분들의 재량이나 정보력에 의하여 이루어지며 또 의무는 아니기 때문에 처음 일자리를 얻는 것이 결코 쉬운 문제는 아니었다.

물론 지금 여기서 취직 문제를 이야기하려는 것은 아니다. 다만 남과 북의 서로 다른 문화에 대한 이야기일 뿐. 암튼 무슨 일이든 해야 먹고살 수 있지 않겠는가? 그러니 당연히 일자리를 찾아야 했다. 처음에는 〈교차로〉, 〈가로수〉 같은 신문의 구인 구직란을 훑어보며 내가 할 수 있을 거라 생각하는 곳들에 차례로 전화했다.

"여보세요. 일할 사람 구한다는 광고 보고 전화드렸습니다."

"아, 네. 사시는 곳이 어디인가요?"

"**구인데요."

"혹시 교포세요?"

최대한 이방인 티가 안 나게 대화하려 했는데 비교적 강한 억양을 지닌 함경도 사투리 때문에 토속 한국인이 아님을 단번에 들켜버렸다. 잠깐의 찰나에 참 많은 생각을 했다. "교포세요?"라는 질문에 "예"라고 할까. 교포라고 하면 안 된다고 하려나? 교포가 아니라고 대답할까? 그러기에는 억양부터

부드럽지가 않았다. 그렇다고 북한에서 왔다는 말을 하기는 정말 싫었다. 궁여지책으로 어쩔 수 없이 교포라고 대답했다.

다음 질문이 이어졌다.

"컴퓨터 할 줄 아나요? 운전할 줄 아십니까?"

숨이 콱 막혔다. 북한에서는 컴퓨터를 보지도 못했으니 배워본 적은 더더욱 없었다. 물론 한국의 정착교육기관인 하나원에서 기본적인 컴퓨터 교육을 받았지만 회사에서 일할 만큼의 실력은 아니었다. 운전도 마찬가지였다. 북한에서 자동차를 운전할 수 있다는 것은 굉장한 특권이었다. 내가 살고 있을 때까지만 해도 북한은 자가용을 소유할 수 있는 시스템도 아니고 직장 내에서도 아무나 운전할 수 있는 것이 아니었다. 운전사는 차를 가지고 전국 각지로 다니면서 장사를 할 수 있기 때문에(물론 불법이지만 고난의 행군 같은 어려운 경제 환경에서 공공연히 자행되고 있었다) 꽤 인기 있는 직업이었다.

암튼 컴퓨터도, 운전도 할 줄 모른다고 하니 돌아오는 멘트는 "네, 알겠습니다. 다시 전화 드릴게요"였다. 사실 '다시 전화 드릴게요'라고 하면 정말 다시 전화를 주는 줄 알았다. 하지만 한국에서 '다시 전화 드릴게요'라는 말은 일종의 '거절'의 또 다른 표현이었다.

처음에 이런 문화를 몰랐기에 정말 다시 전화가 오는 줄 알고 다른 일자리도 찾지 않고 마냥 기다렸다. 그러는 사이에 굉장히 많은 생각을 했다. '그래. 일자리 구하려고 전화하는 사람이 나뿐일까? 한두 사람도 아닐 텐데. 여러 사람 전화를 일일이 받고 응대하느라 얼마나 힘들까? 그래도 다시 전화 준다고 했으니 좀 더 기다려보지 뭐. 안 되면 탈락했다는 전화라도 주겠지.'

너무 순수했던 걸까? 일주일, 보름, 한 달이 지나도 전화는 없었다. 뭔가 이상한 느낌이 들면서 처음에 품었던 순수했던 마음이 불신으로 변했다.

'왜 다시 전화 준다고 해놓고 전화를 주지 않는 걸까?'

'왜 한국 사람들은 이런 거짓말을 할까?'

'내가 전화 달라고 했나? 자기들이 먼저 전화 준다고 해놓고 왜 사람을 이렇게 기다리게 하는 걸까?'

'새터민이라고 무시하는 건가?'

다시 전화 준다고 하는 말이 거절의 순화된 표현이라는 것을 알아차리기까지 꽤 많은 시간이 흘렀다. 억울하다는 생각도 많이 들었다. 컴퓨터를 할 줄 모르는 것이 잘못은

선택할 수 있는 당신은 행복한 사람입니다

187

아닌데. 운전할 줄 모르는 것이 내가 게을러서가 아닌데. 그런 것이 자유롭지 못한 사회에서 살다 보니 배우지 못한 것뿐인데 그것 때문에 이런 수모를 겪는다는 생각이 들었고 심리적으로 위축되었으며 억울하고 답답했고 때로 짜증도 났다.

이해가 힘들었던 이런 문화는 다른 상황에서도 나타났다. 한국인들은 보통 이러저러한 이유로 새로운 사람을 만날 때 명함을 주고받곤 한다. 그러면서 의례 주고받는 멘트가 있다.

"다음에 언제 시간 될 때 차 한잔합시다. 식사 한번하시죠."

나 역시 그렇게 꽤 많은 명함을 받았고 그때마다 이런 비슷한 멘트를 들었다.

'우아, 고맙게도 나한테 밥 한번 먹자고 하네. 차 마시자고 하네.'

이 말만으로도 기뻤다. '밥 먹고 차 마시면서 대화를 나누면 친구가 될 수 있겠네. 남한 사회의 이모저모에 대해 물어봐야지' 하는 마음에 설레기도 했다. 그런 마음으로 밥 먹자는 전화가 오나, 차 마시자는 전화가 오나 정말 진심을 다해 기다렸으나 감감무소식이자 함흥차사였다. 기다리던 시간들을 생각하면 그 시간들 이상의 배신감도 느껴졌다.

'아니, 내가 거지인가.'

'누가 밥 사달라고 했나? 자기가 먼저 사준다고 해놓고 사람 무시하는 거야, 뭐야?'

때로는 자격지심일 수도 있고 때로는 순수함일 수도 있다. 한국 사람들이 명함을 주고받으면서 그냥 의례적으로 하는 '언제 식사 한번합시다'라는 말은 예의상 주고받는 하나의 문화일 뿐 그런 약속은 지켜질 수도 있고 지켜지지 않을 수도 있으며 또 지켜지지 않아도 크게 나쁘게 평가되는 일이 아니라는 것도 꽤 시간이 지나면서 이해하게 되었다.

이런 문화들을 이해하는 동안 슬프게도 한국 사회에 대한 불신, 한국 사람에 대한 믿음과 신뢰가 떨어졌다. '누가 무슨 말을 해도 이 말이 진심일까, 또 내가 모르는 다른 의미가 내포되어 있는 것은 아닐까, 내가 이 말을 어디까지 믿고 신뢰해야 하나' 싶어 많이 헷갈렸다.

명함을 주고받으면서 하는 단순한 멘트, '식사 한번 합시다, 차 한잔 마십시다', 전화상 하는 '다시 전화 드릴게요'라는 말은 한국 사람들 입장에서는 별다르지 않은 부분이겠지만 그런 문화를 겪어보지 못한 입장에서는, 또는 새터민들 입장에서는 굉장히 불쾌할 수 있는 문화였던 것이다. 사실 이해하고 나면 별것 아닌데….

언어가 통할 거라 생각해서 선택한 한국행이었다. 말이 통하는데 이해 못 할 것이 있을까 하면서 선택한 한국행이었다. 하지만 사용하는 단어는 같아도 다른 상황으로 이해하면서 초래되는 불신, 익숙한 사람에게는 아무것도 아닌데 전혀 다른 문화권에서 살다 온 사람에게는 새로우면서도 당황스러운 경우가 많았던 것이다.

북한에 있는
나의 라이벌 친구를 생각하며

누구나 인생에 라이벌 한 명쯤은 있을 것이다. 나에게도 기억나는 라이벌이 있다. 라이벌이기는 하지만 경쟁하면서 신경을 곤두세우던 기억보다 사실 지금은 안쓰럽고 아픈 기억이 훨씬 더 크다.

나는 북한에서 고등학교 졸업할 때까지 초급단체위원장을 맡았다. 북한은 한국과 달리 학급에서 반장이라는 직책 외에 초급단체위원장이라는 직책이 있다. 학급 반장이 학급의 행정을 총괄한다면 초급단체위원장은 행정을 포함한 모든 상황을 통제하는 일종의 학생 단체의 당 비서이다. 학급 반장도 초급단체위원장의 지시를 받고 초급단체위원장은 학급 내 거의

191

모든 상황을 주관하고 통제한다.

초급단체위원장 아래에는 직속 부위원장이 두 명 있는데 바로 조직부위원장(학급 반장에 해당)과 사상부위원장이다. 그리고 부원으로서 몇 명의 학습담당위원, 위생담당위원, 꼬마계획담당위원 등이 있다.

새삼스럽게 초급단체위원장이었다고 자랑하려는 것은 아니다. 내가 초급단체위원장을 할 당시 사상담당부위원장이었던 나의 유일한 라이벌, 한유정이라는 친구에 대한 기억 때문이다. 공부도 잘하고 노래도 잘하고 참으로 부족한 점이 없었던 친구이다. 그 친구는 수학 같은 자연과목(한국의 이과)을 잘했고 나는 상황을 분석하고 판단하고 설명하는 사회과목(한국의 문과)에 관심이 많았다.

그 친구와 나는 서로에게 라이벌 중 진짜 라이벌이었다. 우리는 학급에서 1, 2등은 물론이고 전교에서 1, 2등, 그리고 구역(한국의 '구'에 해당)에서도 1, 2등을 다투는 사이였다. 둘다 공부도 잘했고 노래도 잘했다. 발표력도 뛰어나서 거의 모든 토론 때마다 두 사람이 없으면 진행이 안 될 정도로 큰 비중을 차지하고 있었다.

하지만 나의 기억으로는 그 친구가 나보다 조

금 앞선 것 같다. 항상 나 자신이 조금 밀리는 느낌을 받았다. 왜냐하면 그 친구는 열심히 하지 않아도(물론 이것은 내 개인 생각이다.) 성적이 잘 나왔는데 나는 그야말로 피나는 노력을 해야 성적이 잘 나오곤 했다. 게다가 그 친구는 선생님이 못 푸는 수학 문제도 가끔 풀어내서 학생들은 물론이거니와 선생님들까지 당황하게 만들곤 했다. 공식에만 대입하여 답을 이끌어내는 나와는 완전히 다른, 그야말로 수재였다.

그런데 중고등학교 5년간 계속 내가 위원장을 하고 그 친구가 부위원장을 한 것을 보면 이미 어떤 운명적인 힘이 나의 손을 들어주길 작정하고 있었던 것이 아닌가 싶다. 친구들과 두루 잘 지내는 내 성격이 차지하는 몫도 있었으리라.

친구의 장래 희망은 오로지 의사였고 나의 장래 희망은 변호사 또는 교사였다. 그런데 그 친구의 꿈은 내 것이 되었고 내 꿈은 다른 누군가의 것이 되었다. 북한에도 수학능력시험에 해당하는 정무원 국가시험이라는 제도가 있다. 다음 해에 졸업을 앞둔 고등학생을 대상으로 그 전해 12월에 전국적으로 같은 시간에 시험을 치른다. (지금은 정무원 국가시험 제도가 사라졌다고 한다. 다만 대학에 직접 가서 입학시험을 치르는 것은 여전하다) 그 시험 성적에 따라 김일성종합대학을 최우선으로 하여 리과대학(이과대학,

수재들만 가는), 김책공업종합대학, 의학대학(한국에서 공식 명칭은 의과대학) 순위로 수험표를 배정받게 된다. 그렇게 받은 수험표를 가지고 해당 대학에 가서 정식 입학시험을 다시 치르게 되며 거기에서 합격, 불합격이 결정된다.

북한에는 '재수' 제도가 없다. 한 번 시험 쳐서 불합격하면 그것으로 모든 상황이 종료된다. 즉 다시 기회는 없다. 또 다른 선택의 여지가 없다는 뜻이다.

서론을 이렇게 장황히 설명한 것은 단 한 번의 기회로 인생이 결정되는 것이나 다름없는 북한의 답답하고 불합리한 시스템에 대한 안타까움 때문이다. 미래가 창창한 젊은 인재가 꿈을 펼쳐보지도 못하고 스러져 인생이 짓밟힌 것에 대한 슬픔이 들기도 했다. 사회 제도나 시스템에 따라 개인의 운명이 완전히 다른 상황에 놓일 수 있음을 말하고 싶었다.

나의 라이벌 한유정은 정무원 국가고시 성적이 나보다 더 높아서 누구나 가고 싶어 했던 김일성종합대학에서 입학시험을 치를 수 있었다. 공부 좀 한다는 학생들은 누구나 가고 싶어 하는 대학이다. 하지만 대학에 가서 정식 대학입학시험을 다시 치러야 하는 북한의 시스템 속에서 그 친구는 정작 입학시험에서 떨어졌고 단 한 번밖에 주어지지 않은 기회를 잡지 못했다.

　　　　결국 총명하고 영리한 친구는 함경북도 시골의 탄광 막장으로 보내졌다. 이후 결혼 생활도 행복하지 않아 딸을 데리고 이혼에까지 이르게 되었다고 한다. 운명의 장난이었는지 나에게는 그 친구가 그렇게 가고 싶어 했던 의학대학 시험 자격이 주어졌고 입학시험에까지 합격하면서 결국 지금도 의료인의 길을 걷고 있다.

　　　　그 친구와의 인연을 떠올릴 때마다 사회제도나 시스템이 사람의 인생에 얼마나 큰 영향을 미치게 되는지를 새삼스럽게 자주 생각하게 된다. 갇혀 있는 제도의 협소한 틀에서 타인에 의하여 조종되는 것과 마찬가지의 삶을 살아갈 수밖에 없는, 그래서 펼칠 수 있는 날개를 활짝 펼칠 수 없었던 나의 라이벌 친구의 인생. 처한 환경에 따라서, 개개인의 역량에 따라서 영향을 미치는 부분이 있기는 하겠지만 한 사람의 인생에 사회제도나 시스템은 얼마나 중요한가.

　　　　통일이 되면 가장 먼저 그 친구를 만나고 싶다. 예전 철없던 때의 날카로운 경쟁심은 사라져 버린 지 오래이다. 나를 만나는 것 자체가 또 다른 상처나 괴로움이 될까봐 솔직히 조심스럽기도 하지만 적어도 나처럼 대한민국과 같은 시스템

속에서 한 번은 살아보게 했으면 좋겠다는 생각이 든다.

물론 대한민국이라고 해서 완벽한 나라는 아니다. 막혀 있는 시스템 때문에 나는 정착 초기 숨 막히는 답답함 속에서 고통스럽게 견뎌왔던 것도 사실이다. 하지만 적어도 대한민국에서는 자신의 삶에 도전, 또는 재도전할 수 있는 기회가 주어진다. 더불어 남한의 젊은 친구들에게 이렇게 이야기하고 싶다. 스스로 선택할 수 있는 시스템을 가진 대한민국에 살고 있는 것이야 말로 얼마나 복 받은 삶인지 깨닫고 자신감을 잃지 말라고…. 한 순간의 선택으로 삶의 모든 것을 결정하는 사회에서 살아가는 안타까운 인생도 있다는 것을 알았으면 한다.

지금의 선택이 원하는 결과가 아닐지라도 다시 선택할 수 있는 시스템 안에서 살고 있다는 것이 얼마나 고맙고 다행스러운 상황인지 알고 있는가. 획일화된 조건 속에서 지정된 일만 해야 하고 자신이 꿈꾸고 원하는 것을 한다는 것은 상상도 할 수 없는 사회가 북한 사회이다. 그런데 상황에 따라 하고 싶은 일을 할 수 있고, 하고 싶지 않으면 언제든지 그만둘 수 있고, 여행 가고 싶으면 언제, 어디든 떠날 수 있는 자유로운 분위기에서 살면서 가끔 작은 것에도 불만과 투정을 부리는 일부 경우들을 보면 안타까운 생각이 들곤 한다.

물론 개개인의 상황에 따라 자신이 처한 현실이 다르고 원하는 목표가 다르기 때문에 나름의 목표나 기준에 미치지 못하면 속상할 수 있을 것이다. 하지만, 그래도 남한 사회에서는 자신이 원하는 것에 대한 도전은 해볼 수 있지 않은가. 물론 시스템의 부족함은 모두가 노력하면서 완성해 나가야 할 것이다.

지금은 잘못된 선택을 했다고 하더라도 그것이 적절하지 않다는 것을 인식하는 순간, 다른 것으로 바꿀 수 있는 시스템을 가지고 있는 사회가 남한 사회이다. 선택의 여지가 없는 북한 사회에서 살다 온 사람의 눈으로 볼 때 남한 사회는 선택의 여지가 너무나 많고, 자신의 꿈을 언제든지 펼치도록 도전해볼 만한 사회라는 생각이 든다. 적어도 북한보다는.

한국처럼 스스로 선택할 수 있는 사회에서 태어났더라면 내 친구의 인생도 완전히 달라졌을 것이다.

설레는 20대와
떼어놓을 수 없는 남자, '선'

큰길을 건너오는 남자와 무심결에 눈이 딱 마주쳤다. 아파트 2층 우리 집 창가 옆 벽에 걸려 있는 거울을 들여다보면서 혼자 웃고 치장하고 한껏 상기되어 있었다. 그 남자는 어쩌다 아파트 2층을 올려다보게 되었을까. 설렘 가득한 나의 이 표정이 자기한테 보내는 거라 생각한 것이 아닐까. 처음으로 마주친 남자와의 눈빛 교환. 뭐라 표현할 수 없는 달콤함이 온몸을 감쌌다. 오호, 느낌 좋은데. 혹시 이것이 운명일까. 갑자기 심장이 두근거리기 시작했다.

오늘은 의학대학 합격증을 받고 처음으로 등교하는 날이다. 학급이 편성될 것이고 처음으로 동기들도 만나게 되겠지. 남여 비율은 어느 정도일까. 여러 생각들을 하며 정문에 들어섰다. 그리고 학교에 오기 바로 전에 창문을 통하여 눈길을 마주쳤던 그 남학생을 보게 되었고 우리는 같은 고려 의학부 학생이라는 것을 알게 되었다.

북한에는 캠퍼스 커풀이라는 표현이 없다. 외래어를 사용하지 않다보니 외래어로 된 문장이나 문구도 거의 없다. 한국식 표현으로 사귀는 남여에 대해 '누구랑, 누구랑 좋아한대. 좋아하는 사이래'라는 표현이 전부다. 물론 사랑이라는 표현도 없다. 사귀는 남녀 사이에도 사랑한다는 표현을 하지 않는다. (지금은 분위기가 조금 달라진 것으로 알고 있다. 더불어 한국에서 가끔 '에이, 설마' 하거나 '진짜? 정말 그렇다고?' 하는, 지어내는 것 아니냐는 질문과 표정을 접할 때면 말로 표현할 수 없는 허무함과 심한 짜증이 밀려올 때도 있다.)

그런데 사실 의학대학 입학 후 정말 마음을 열고 싶었던 친구는 따로 있었다. 편의상 친구 A라고 해야겠다. 공부를 그다지 잘하지는 못했지만 툭툭 던지는 말투와 무심한 듯한 표정, 조금은 깐죽거리는 표현들도 관심으로 느껴지던 약간은 나쁜 남자 스타일을 가진 친구였다. 나는 늘 그 친구의 목소리가 나는 곳에 귀를 쫑긋 세우고 있었고 온 신경을 집중하고 있었다. 나한테 직접적으로 하는 이야기가 아니어도 목소리만으로도 설레고 좋았다. 그 친구도 나에게 관심이 있는 눈치여서 학기가 시작된 처음 얼마 동안 우리는 약간 '썸을 타는 분위기'로 보냈다. 그는 도서관에서 공부하다가도 쉬면서 공부하자며 나를 밖으로 불러내기도 했다.

우리 과에는 잘생긴데다 공부도 잘하고 거기에 말까지 조리 있게 잘해서 여학생들의 인기를 독차지하던 친구도 있었다. 바로 친구 B다. 워낙 아는 것이 많은 친구라 이 친구 이야기를 듣고 있으면 머릿속이 환해지고 뇌 세포들 하나하나가 그가 들려주는 지식으로 정리되어 깔끔하게 줄을 서 있는 느낌이 들었다. 늘 깔끔했고 정돈되어 있었던, 당시 북한 분위기로는 표준적인 남성이었다.

정식으로 사귀자는 말은 없었으나 '수업 마치면 뭐 하냐, 숙제는 했냐, 과제는 어떻게 하려고 하느냐' 등 관심 두지 않아도 되는 이야기들을 물어오는 등 나한테 평범함 그 이상의 마음을 갖고 있다는 느낌이 들었다. 이것은 뭘까. 어떤 의미일까. 여러 가지 생각이 들곤 했다.

세 번째 친구인 C가 바로 첫 등교 일에 사거리에서 눈길이 마주쳤던 친구이다. 키가 크고 잘생겼지만 늘 실실 웃고 여자들과 아무 이야기나 거리낌 없이 했다. 얼핏 보기에도 스마트해 보이지 않았고 실제로 공부를 잘하는 것도 아니어서 어떻게 의학대학에 왔을까 하고 잠깐 생각했던 적도 있었다. 그런데 어느 날부터인가 나한테 매우 적극적이라는 느낌이 들었다. 수업이 끝나면 학교 정문에서 기다린다든가 은근슬쩍 나의 동선에 대해 귀 기울인다든가 하는 기척을 눈치 채게 되었다. 안 보이다가도 결정적인 순간에 어디선가 '짠' 하고 나타나곤 했다. 하지만 별로 관심이 없었던 나에게 그는 그냥 친구일 뿐이었다.

이렇게 첫 학기 첫 한 달이 지나가면서 어느 날 친구 C가 매우 적극적으로 밀고 들어온다는 생각이 들었다. 마음의 준비가 전혀 되어 있지 않았던 나는 당황스러웠고 어찌할 바를 몰랐다. 그러는 사이에 A와 B와는 점점 멀어지는 것 같았다.

훗날 어떤 사실을 하나 알게 되었다. A, B, C 서로의 공통 관심사가 '나'라는 사실을 각자 알아버린 것이다. 이들은 서로 누가 양보할 것인가에 대해 매우 심각하게 얘기를 나눴고 결국 최후의 결투 아닌 결투에서 C가 이긴 것이다. C가 A, B를 설득하면서 자기들끼리 인정한 공식적인 김지은의 남자가 된 것.

처음 이 이야기를 들었을 때 정말 황당하고 짜

중이 났다. '내가 물건이냐, 니들이 뭔데 나도 모르게 나를 놓고 이렇게 저렇게 저울질하고 가늠하느냐' 하는 생각에 자존심이 매우 상해서 C에게 엄청 화를 냈다. 글쎄, 누군가는 기뻐해야 할 일이라고 하겠지만 솔직히 전혀 기쁘거나 행복하지 않았다. 오히려 당황스러웠고 어처구니가 없었다. 이런 말도 안 되는 상황으로 나에게 접근한 '불량하고 막돼먹은 인간'에게 도저히 마음을 줄 수가 없었다.

C는 밤낮으로 우리 아파트 현관 앞에 서 있었고 도서관에서 늦게 나올 때도 늘 뒤에서 따라왔다. 내가 곁을 내어주지 않아도 늘 내 곁에 있었다. 어떻게 된 일인지 언제부터인가 A와 B도 C를 밀어주면서 서로 함께 마음을 모아주는 분위기였다. 이로 인해 A, B, C는 이후 학교에서 소문난 찐 친구가 되었고 오랜 시간이 지난 후에도 C와 나의 연애사에 지대한 영향을 미치게 되었다.

대학 입학 후 한 달, 아직 뭐가 뭔지도 모르는 상황에서 이렇게 요란스럽게 한 남자에게 찍힌 나의 대학 생활은 전교에 소문난 공식 '캠퍼스 커플'로 시작되었다. 다시 돌이켜 봐도 정말 영화 같았던 나의 연애사. 많은 고민 끝에 풀 스토리로 풀고자 한다.

나는
사랑을 하고 싶었다

내 남자친구의 이름은 '선'이다. 나의 마음을 얻기 위한 치열한⑺ 결투는 아니었겠지만 ('마음으로는 내심 혹시 정말 치열한 결투 끝에 나의 마음을 쟁취한 것일까?' 하는 기대, 궁금함도 있었다) 어쨌든 학기 초 A, B, C는 겹치는 연애를 하지 않기 위하여 어떤 방식으로든 합의를 했고 결국 나는 나의 의사와는 전혀 상관없이 '선의 여자'가 되어 있었다. 물론 내가 수락한 적은 없으니 자기들만의 암묵적인 약속이었을 터이고 나는 전혀 선이랑 상관없다고 생각했다.

시일이 지나면서 A와 B는 나에게서 멀어지고 '선'만 남아 있었다. 그러다 보니 어느 누가 봐도 그의 시선은 나

203

한테로 쏠려 있었다. 의학대학 내에서는 우리 말고도 하나둘씩 커플들이 생겨났지만 유독 선과 내가 그 관심의 중심에 있었다. 무릇 젊은 청춘 남녀의 이성 감정이 주변인들에게 궁금증을 야기하는 건 사실이지만 우리 두 사람에게 쏠리는 눈길은 상상 이상이었다. 그러다 말겠지 하는 정도가 아니어서 나도 사실 좀 의아하기는 했다.

　　　　게다가 나의 의도와는 전혀 상관없이 자기들끼리 만들어 놓은 이 상황에 자존심이 많이 상해서 '선'을 거들떠보지도 않고 있었으니 우리 둘을 한 묶음으로 세워놓고 바라보고 있는 주변의 상황이나 분위기가 상당히 못마땅했던 것이다.

　　　　나에게는 언니가 있다. 언니는 북한에서 사범대학을 졸업하고 남자 고등중학교 교사를 하고 있었다. 북한은 한국과 달리 학교 주변에 살고 있는 아이들이 그 학교를 다닌다. 우리 집과 언니가 교사로 일하고 있는 학교가 멀지 않은 곳에 있으니 결국 우리 동네 남자아이들, 동네 친구들이 언니의 제자인 것이다. 게다가 언니가 졸업반을 맡은 담임이어서 언니의 학급 아이들과 내가 같은 학년이 되는 것이다. 이 말은 즉 언니가 교사로 있는 학교의 남학생들한테 내가 꽤 인기가 있었다는 사실로 이해될 수 있었다.

명절 때면 집안이 미어터지듯 학생들이 선생님에게 인사하러 왔고 그러면 엄마는 교사인 당신 딸이 학생들을 잘 가르치기 때문이라고 생각하시며 기분 좋게 밥상을 차리셨다. 하지만 언니는 늘 딴 소리를 한마디씩 했다. "엄마, 애들이 날 보러 오는 것도 있겠지만 지은이 때문에 오는 것도 있어요" 하고.

담임선생님의 동생이기도 했겠지만 당시 나도 여학생들만 다니는 함경북도 청진시 포항구역에 있는 포항여자고등중학교에서 꽤 알려져 있었던 터라 늘 선이한테 '네가 뭔데?' 하는 마음이 컸었다. 나를 물건처럼 선택했다는 생각 때문에 선이를 예쁘게 봐줄 수 없는 이유이기도 했다.

나는 이른 나이에 의학대학에 입학했다. 왜냐하면 또래보다 1~2살 어리기 때문이다. 생일이 상반기인지, 하반기인지에 따라 3살 정도 차이 나는 친구들도 있다. 물론 초등학교에 가기 전 한글을 떼기는 했지만 그보다 당시 북한은 10년제 의무교육 실시를 시작하는 시범단계로 공부를 할 수 있을 것 같은 아이들을 골라 1년 정도 앞당겨 입학시키고 관찰하는 시기를 가지게 되었고 나는 거기에 속해 인민학교를 이른 나이에

선택할 수 있는 당신은 행복한 사람입니다

입학했던 것이다.

북한은 인민학교(한국의 초등학교에 해당) 4년에 고등 중학교(중학교 3년, 고등학교 2년) 5년 과정인 9년제 의무교육을 실시하고 있었다. 이렇게 9년 과정을 공부하고 대학에 들어가면 보통 18살에 대학 생활을 시작한다. 내가 1년 빠르게 입학했으니 결국 17살(만 16살)에 의학대학 학생이 된 셈이었다.

다른 친구들보다 어린 나이이기도 했지만 당시 나의 인식으로는 공개 연애를 한다는 것이 도덕적으로 큰 문제가 있는 것 같은 생각이 들기도 했고 두려운 마음도 컸다. 뭐가 두려웠는지는 정확히 생각나지 않지만 너무 이른 나이에 연애를 시작하면 어른들이 욕할 것 같고 인생을 망칠 것 같다는 막연한 불안감이 들었던 것 같기도 하다. 그러니 그에게 호의적인 마음을 가질 수가 없었던 것이다.

주변에서는 왜 '선'에게 호의적이지 않느냐고 계속 물었다. 그냥 싫다고 했다. 무작정 싫은 마음이라고 했다. 정말이었다. 요즘 한국에서 쓰는 표현인 '밀당'이 아니고 그냥 싫었다. 내 의사와 상관없이 자기들끼리 만들어놓고 씌워놓은 프레임이 싫었던 것이다. 나이가 어리다고 나를 아주 함부로 대하는 것 같아 그것도 싫었다. 하지만 주변 사람들에게는 내가 매우 부러운 존재였다고 한다. 그것은 바로 선이라는 친구가 가지고 있는 여러 가지 조건, 배경 때문이었다. 나만 몰랐던 그의 후광은 당시 북한의 분위기로는 매우 화려했다.

우선 잘생겼다. 키도 컸다. 춤도 잘 췄다. 평양에서 제13차 세계 청년학생축전이 있었을 때 청진 의학대학의 무용수로 세계 청년학생축전에 참석했으며 전대협 대표로 북한에 왔던 임수경 씨와 그를 데리러 나중에 들어왔던 정의구현사제단 문규현 신부와 함께 판문점에서 단식까지 함께했었다.

겉보기에도 훤칠하고 눈에 띄는 것만으로, 그런 남자의 여자친구라는 것 때문에 나를 부러워했던 것이 아니라 그가 가지고 있던, 나만 모르고 있던 배경 때문이었다. 선은 재일본 조총련계 집안의 아들이었고 청진시^(인구 85만 명)에서 다섯 손가락 안에 손꼽히는 재력을 가진 집안의 장손이었다. 당시 조총련은 북한에 엄청난 자금을 보내주는 것으로 알려져 있었고 북한에서 제일 잘 사는 사람들은 화교보다 총련에 친척이 있는 사람들이었다. 총련 친척들은 한 번씩 고국^(북한)에 방문할 때 트럭 한두 개 정도의 물품들을 싣고 오며 그들이 사용하는 물품은 늘 우리가 사용하던 것과는 비교도 되지 않을 정도였다. 선의 집안이 얼마나 잘살았느냐 하는 건 그가 당시 승용차를 운전

하고 있다는 것만으로도 알 수 있었다. (자가용은 아니었지만 국가 이름
으로 등록해놓고 개인이 사용하고 있었다.)

그런 그의 외가, 친가 모두 총련에서 활동하고
있어서 북한 정부의 지대한 관심을 받고 있었던 것이다. 특히
친할머니는 일본에서 큰 제화공장을 하고 있다고 알려져 있었
다. 나만 모르는 이러한 이야기들이 있었으니 주변에서 나를 부
러워할 만했다.

A, B가 왜 포기했는지 충분히 짐작할 수 있었
다. 하지만 당시 나는 이러한 선의 집안 배경 때문에 더욱더 그
에게 마음을 열 수 없었다. 돈 보고 마음을 열었다는 소리를 듣
게 될 것 같아 그 또한 스트레스였던 것이다.

나는 진짜 사랑, 아름다운 사랑을 하고 싶었다.

북한 연애도
사랑보다는 배경이다

　　남자친구의 부모님은 조총련 계열의 재일교포
이시다. 청년 시절에 북한으로 귀국하셨고 이후 결혼하셨으니
당시 남자친구는 북한 출생이지만 재일교포였던 것이다. 나중
에 알게 된 사연이지만 남자친구의 아버지는 3대 독자였다. 물
론 남자친구에게는 남동생이 한 명 있었으니 독자는 아니었지
만 3대 독자의 맏아들이었고 당시까지만 해도 집안에서 여자보
다 남자를 귀히 여기던 시기라 그 가문에서 내 남자친구는 매우
큰 관심의 대상이었고 귀한 자손이었다.

　　당연히 일본에 계시는 할머니부터 온 가족이
남자친구와 결혼할 여자에 대해 지대한 관심을 가지고 있었으

리라. 당시 북한에서 재일교포 집안과의 연애는 매우 조심스러웠다. 우선 재일교포는 북한 사회에서 주류가 될 수 없었다. 당에 충실하고 맡은 바 업무에서 능력을 발휘하면 당연히 국가에서 인정한다고는 하지만 암묵적으로 재일교포들에게는 기관의 최고 자리를 부여하지는 않는다는 암묵적인 분위기가 만연했다. 최고 자리에까지 올려 보낼 만큼의 믿음을 줄 수 있는 사람들이 아니라는 인식을 북한 사회가, 정확히는 북한 정권이 가지고 있었던 것으로 생각한다. 그러다 보니 성분이 아주 좋은 사람, 출세를 목적으로 하는 사람은 재일교포들과 혼담을 잘하지 않는다. 재일교포들도 그런 분위기를 아는지 자기들끼리 혼담을 성사하는 경우가 많았다.

재일교포는 북한 사회에서 일반 사람들보다 생활수준이 높다. 한마디로 돈이 많은 사람들이라 할 수 있다. 일본과 연결되어 있으니 북한 사회의 일반 계층은 쉽게 접할 수 없는 물건들(패션, 생활용품, 식료품, 간식 등)을 사용하기 때문에 일반 북한 사람들과는 눈에 띄게 차이가 난다. 일본에서 공식적으로 북한을 방문하거나 친인척 자격으로 오는 개별 방문이라 해도 한 번씩 오갈 때 가지고 오는 물건들은 우리가 보기에도 대단했다. 그러다 보니 재일교포 가족들 자체가 북한의 일반 주민들보다는 자기들끼리 어울리고 생활수준이나 습관 같은 것도 비슷하다 보니 자기들끼리 혼담이 오가곤 했다. 가문을 유지하기 위해서도 돈이 많은 재일교포들끼리 가정을 이루는 경우가 많았다.

이런 상황에서 남자친구와 나의 연애가 시작되었고 결국 남자친구 집안에서도 나라는 존재를 알게 되었다. 당시 북한 분위기로 볼 때 나 같은 집안의 여식을 며느리로 받아들이는 건 재일교포 집안에서 환영할 수 있는 상황이 못 된다. 그들은 그들만의 환경과 습관과 기준이 있었다. 공식적으로 언급한 적은 없지만 그 기준의 가장 중심에는 권력보다 중요한 것이 '돈, 재산'이라는 것은 다 아는 사실이다. 하물며 우리가 결혼을 전제로 하는 것도 아닌 단순한 연애의 개념이었지만 남자친구 부모님에게는 이마저도 꽤나 받아들일 수 없는 상황이었다.

사실 나도 마찬가지였다. 별로 마음에 들지 않는 상태에서 어쩌다 보니 사귀는 상황에까지 왔는데 내 입장에서는 그보다 더 마음에 내키지 않는 것이 남자친구 집안이었다. 내가 아무리 사랑으로 연애를 한다고 항변하더라도 사람들은 '돈 때문'이라고 조롱할 것 같았다. 돈이 좋기는 하지만 당시 북한 분위기에서는 돈에 집착하면 낮은 수준의 인격 소유자로 간

주되었다. 물론 다들 마음속으로는 돈 많아서 좋겠다는 부러움을 가지고 있었을 것이다. 단지 나는 타인들로부터 돈이 아닌, 고상하고 신성한 사랑이라고 항변하고 싶었던 마음이 컸던 것 같다.

친구들을 통해 전해들은 이야기로 당시 남자친구의 부모님은 아들을 설득하는 데 총력을 집중했다고 한다. 그분들께서 어린 나이에 결혼하셨기 때문에 남자친구가 바로 결혼한다고 할까 봐 걱정하셨던 것이다. 처음에는 그냥 좀 사귀다가 말겠지 했지만 시간이 흐를수록 나와 남자친구는 진짜 따뜻하고 끈끈한 연인 관계가 되어 있었다. 물론 결혼에 대한 이야기도 오가게 되었다.

언니의 제자들 중 한 명이 나와 결혼하고 싶다고 말한 적이 있다. 남자친구가 이를 알게 되었고 아직은 어리다고 생각해 아무 말 않고 있던 그가 갑자기 조바심을 내어 우리 부모님께 정식으로 결혼 허락을 받으려고 머리를 숙였다. 그동안 딸의 남자친구를 오래도록 지켜봐 오셨던 우리 부모님은 남자친구 자체를 반대하지는 않으셨지만 나이도 어리니 아직 결혼 이야기는 좀 이른 것 같다고 하시며 당신 딸이 그 집안에 어울릴 만한 며느릿감이 아니라는 것도 알고 계셨으니 적당히 타이르셨다. 며칠 계속 우리 집에 와서 아버지, 어머니를 설득하기에 집에 가서 부모님 허락을 받아오면 생각해 보겠다고 말씀하게 되었다.

친구들 사이에서는 이런 상황들이 알음알음 알려졌고 결국 남자친구 부모님도 알게 되었다. 단순한 연애겠지 하고 내심 지켜보고 계시던 남자친구 부모님은 결국 남자친구와 아주 격하게 충돌하셨다고 한다. 연애는 해도 결혼까지는 무리라는 생각은 나도 사실 하고 있었다.

당사자인 나는 아직 결혼 생각이 없는데 자기들끼리 무슨 일이냐고 황당하면서도 나는 남자친구 편이었다. 당장 결혼하고 싶다는 생각은 아니었지만 이대로 헤어지기 싫다는 생각 정도는 하고 있었다.

우리 연애가 이렇게 큰 일이 될 줄은 몰랐다. 오래전부터 우리를 지켜보고 응원해주던 친구들은 아예 두 사람이 동거하라고 부추겼다. 물론 한국처럼 자유롭게 동거할 수 있는 공간을 편하게 구할 수 있는 분위기는 아니다. 그러니 친구들이 말하는 동거는 '하룻밤이라도 같이 보내라. 부모님이 찾아와도 못 들어가게 우리가 문을 지키고 있겠다'고 할 만큼 우리 연애는 모두의 관심사였다.

나는 매우 혼란스러웠다. 마음이 번거롭고 불편하기는 남자친구도 마찬가지였을 듯. 그러던 어느 날, 수업을 마치고 귀가했더니 부모님께서 매우 침울한 표정으로 계셨다. 그날 낮에 남자친구 부모님이 다녀가신 것이다. 순간 가슴이 덜컹 내려앉았고 숨이 막히는 것 같았다.

사랑이
죄는 아니잖아요

"선의 어머니가 왔다갔어." (조금은 강한 함경도식 어투)

차분하고 낮은 목소리로 어머니가 말씀하셨다. 그리고 책상 위에는 매우 낯설지만, 그래도 그 안에 무엇이 있는 지를 충분히 짐작할 수 있는 하얀 봉투 하나가 놓여 있었다.

순간 멍했다. '드디어 올 것이 왔나?' 하는 느낌 과 함께 '이렇게까지?' 하는 의아함, 그리고 그 상황을 죄인처럼 고스란히 겪으셨을 내 부모님에 대한 죄송함에 아무 말도 할 수 없었다. '딸을 가진 집안이어서?' 정말 어떻게 해야 할지 몰라 머 릿속이 하얗게 되었다.

사실 남자친구가 결혼 이야기를 가끔 하기는

했어도 그냥저냥 지금 좋으니까 이대로 가자는 생각이었다. 결혼이라는 것을 기쁘게 받아들일 만큼 두 집안의 위치가 동등하지 못하다는 생각은 늘 하고 있었다. 내 마음이 이런데 남자친구 부모님이 무슨 이유로, 무슨 권한으로 내 부모님까지 만나면서 모욕을 줬는지에 대해 야속한 생각이 들었다. 당신들이 뭔데, 내가 당신 아들보다 못한 것이 뭔데, 돈이 좀 없다는 것뿐이지 그것이 무슨 그리 큰 죄라고. 생각이 점점 깊어지니 상황이 이렇게 되도록 책임지고 막아내지 못한 남자친구에 대한 원망도 컸다.

'봉투를 열어볼까? 까짓 거 돈 받고 정리할까? 기왕 이렇게 되었으니 그냥 확 일 저질러 버리고 아이 하나 안고서 쳐들어가 남자친구 부모님을 기절시킬까?' 쏟았다가 담았다가 온갖 생각과 쓸데없는 욕망들이 나를 힘들게 했다.

나는 초등학교 때부터 일기를 쓰고 있었다. 그날부터 며칠은 매일 꽤 긴 문장의 일기를 썼던 것 같다. 결국 내린 결론은 '사랑하기 때문에 놓아준다는 것'이었다. '사랑하기 때문에'라는 화려한 표현을 쓰기는 했지만 결국 여러 생각 끝에 포기하는 것이 옳다고 판단했다. 어쨌든 당시는 사랑하는 남자를 힘들게 하고 싶지 않았고 그 남자의 부모님을 힘들게 하고 싶지 않았던 것도 사실이다.

　　　　우리 부모님 앞에 무릎을 꿇고 앉아 한쪽 집안
에서만이라도 결혼을 허락해 달라고 울며 사정하는 그를 물리
쳐야 했을 때 나도 마음속으로 펑펑 울었다. 그래도 아닌 건 아
닌 것이었다. 이후 그는 비참하게 망가지면서 변해갔다. 학교에
공부하러 나오지 않고 술만 마셨고 전해 듣기로는 집에도 들어
가지 않는다고 했다.
　　　　북한에서 대학생이 정당한 이유 없이 학업에
빠지는 건 조직의 비판이나 처벌을 받아야 할 행위이다. 어떤
처벌도 감내해야 행할 수 있는 행위인 것이다. 그는 그것을 선
택했다. 부모님에 대한 원망? 아님 시위? 이루어질 수 없는 사랑
에 대한 슬픔?
　　　　운명이란 참 얄궂다는 말을 처음에 누가 했을
까. 모든 인연이 여기서 끝은 아니었다.

어느 날 문득 그가 찾아왔다. 헤어지고 2년쯤 지난 시점이었다. 고학년에 올라가면서 전공 실습이 많아 얼굴을 보기 힘든 것도 있었고 가끔은 오고 가며 스치기는 했지만 어색하기는 매한가지였다. 그동안 마음을 정리하느라 힘든 시간을 보냈지만 이렇게 사전예고도 없이 문득 찾아온 그가 의아했다.

'무슨 일일까. 무슨 용무가 있어서?'

잠시의 어색한 침묵을 깨뜨리며 그가 말했다.

"오후에 선보러 가야 하는데, 같이 가줄래?"

사실 그가 오늘 맞선을 보게 될 친구는 나도 알

218

고 있는 우리 대학교 2년 후배였다. 그녀의 할머니도 그의 할머니처럼 일본에서 사업을 하신다고 했다. 전해 듣기로는 두 집안 할머니들께서 이미 오래전에 손자 손녀의 혼인을 약속하셨다고 한다. 소위 '정략결혼'이라는 것이다.

영화에서나, 소설에서나 듣던 남의 이야기가 내 이야기의 현실이 되었다는 것에 참 많이 놀랐다. 맞선보는데 함께 가자는 그의 요청이 말도 안 되는 것임을 알지만, 그리고 내가 응하지 않을 것임을 그도 모르는 바가 아닐 테지만 이렇게 찾아온 걸 보니 정말 가기 싫은 것 같다는 생각이 들었다. 그리고 그의 이런 모습을 볼 수 있어서 약간의 고마움도 있었다.

하지만 응할 수 없는 것이 현실이다. 그 후 우리는 대학을 졸업했고 각자 자신의 삶을 살았다. 나는 의식적으로 그의 소식을 듣지 않으려 노력했고 그렇게 몇 년의 시간이 흘렀다.

당시 나는 소아과 의사로 근무하고 있었다. 북한은 한 진료실에 책상 하나를 놓고 두 명의 의사가 마주 앉아서 진료한다. 두 명의 의사에 한 명의 간호원(한국에서는 간호사이지만 북한에서는 간호원이라고 부른다)이 배속되어 있다. 복도에는 환자분들이 대기하고 있고 간호사가 병력서(진료 차트)를 받아서 두 명의 의사에게 차례로 배정한다.

어느 날 진료실 문이 열리며 중년의 부인이 아이를 안고 들어왔다. 아기 엄마는 아닐 듯한 모습이 어쩐지 낯이 익었다. 어디서 봤을까? 전에 왔던 환자일까? 간호원 선생님이 환자가 들고 들어오는 차트를 받아서 내 책상 앞에 놓는 순간 눈이 마주쳤다.

동시에 우리 두 사람은 놀랐다. 아뿔싸, 그의 어머니였다. 손녀를 안고 오신 것이다. 운명의 장난이란 정말 이런 것이다. 내가 이곳에 있을지 모르고 오셨을 듯하다. 나도 놀랐지만 나보다 더 놀라지 않으셨을까? 그리고 나보다 훨씬 난감하고 민망했을 것 같다. 흔들리는 눈빛과 허둥대는 행동거지에서 그 심정이 충분히 드러나고 있었다.

병력서를 다시 들고 나가는 것이 북한의 의료 시스템에서는 쉽지 않다. 그냥 이대로 마주 앉기가 나도 불편했지만 어머님의 불편함을 헤아리고 싶었다. 슬며시 앞에 계신 선생님에게 병력서를 밀어놓고 진료실 밖으로 나왔다.

시간이 얼마나 흘렀을까. 진료를 마치고 나가셨을 때쯤 나는 진료실로 들어갔다.

"아까 그 환자분 아이가 어떻게 아팠나요?"

"네. 손녀가 소화불량이었어요. 아니, 지은 선생님도 알지 않나요? 그 집 아들도 같은 대학 졸업생인데."

"아, 네…. 근데 왜 할머니가 데려오셨대요?"

"그러게요. 며느리가 집을 나갔나 봐. 7개월 된 딸을 두고 친정으로 가버렸대요. 결혼 후 남편이 계속 집에 들어오지 않고 있었고 지금도 아이 아빠는 집에 없다고 하네요."

"아…."

유구무언이라는 표현이 적절하지 않을까 싶다. 이 모든 것이 내 앞에서 드러나고 나에게 알려질 거라 생각했을 때 그 분 마음은 얼마나 힘드셨을까 생각하니 나도 마음이 썩 좋지는 않다. 부모님이 억지로 강행한 결혼을 했던 아들은 이후에도 계속 마음을 다잡지 못하고 있었던 것 같다.

우리는 함께 같은 의학대학, 같은 학과를 졸업했지만 그는 의사 생활은 하지 않았던 것으로 기억된다. 늘 밖으로 나돌면서 집으로 들어오지 않았다고 한다. 결국 견디기 힘들었던 의사 며느리는 7개월 된 딸을 시어머니에게 두고 친정으로 가버렸다. 졸지에 나이 든 시어머니는 7개월 된 손녀를 돌봐야 하는 상황이 된 것이다.

세상에는 많은 것들이 시간이 흐르면서 자연스

럽게 자기 자리를 찾아가겠지만 이렇듯 많은 이들에게 아픔을 남기면서 상처를 주는 상황도 있다. 그의 부모님께 남은 건 뭘까. 손녀가 위로가 될 수 있을까. 3대 독자의 맏아들이었던 당신 아들의 삶은? 그리고 아이 엄마인 며느리의 삶은?

늘 정답이 없는 문제인 듯하다. 언젠가 나도 아들을 둔, 시어머니 역할을 맡아야 한다. 절대로, 절대로 안 그럴 거야 하지만 과연 나는 말과 같은 행동을 할 수 있을까. 거짓말 같지만 거의 매일 매일 생각하고 읊조린다.

결국 우리 두 사람, 그와 나는 각자의 삶에서 다시 자유로워졌다. 이렇게 되니 대학 동기들이 또다시 난리다. 운명이라며, 천생연분이라며. 하지만 소싯적 사랑은 그것으로 끝이라는 말은 정말 명언인 것 같다.

어느 날 우연히 그와 마주섰다. 정말 오래간만이다. 서로의 근황을 잘 알고 있는 상황에서 갑자기 그가 아주 어릴 때의 나를 부르듯이 손짓하며 소리쳤다.

"지은아… 지은아…."

하지만 그는 그저 대학 동기일 뿐 내 마음속에서는 어떤 애틋한 감정도 일지 않았다. 순수했고, 열정적이고, 지키고 싶었던 사랑의 굵은 선은 이미 지워졌다. 희미한 실선

만 남아 있는 듯 없는 듯 가끔 추억 속에 비치고 있었다. 그 굵
은 선을 잊기 위하여 내가 얼마나 아팠는데. 아픈 상처를 다시
들쑤시고 싶지 않다.

　　　　손녀를 안고 온 그의 어머니를 진료실에서 마
주했을 때 나는 아팠던 마음을 위로 받았고 지난 시간을 모두
돌려받았다고 생각했다.

먼저 온 통일인 새터민은
여러분의 친구입니다

　　　　　　　　매우 부끄러운 글을 마쳤다. 에세이라는 타이
틀 때문에 솔직해야 한다는 책임감과 사생활을 어디까지 노출
해야 하느냐 하는 경계에서 많은 망설임이 있었다. 내가 쓴 글
이니 나의 마음이 가는대로 할 수밖에 없다. 읽으시는 분들에
따라 판단이나 평가가 다르겠지만 어쩔 수 없다는 것으로 위안
을 삼았다.

　　　　　　　　아들에게 초고를 주고 의견을 물었다. 엄마의
연애에 대한 이야기가 너무 사생활이라 마음에 살짝 걸리나 보
다. 대중에게 어떻게 받아들여질까. 자신은 엄마의 남자친구에
대해 북한에서부터 들을 만큼 들었지만 북한 사회의 부분 부분

에서 일어나는 모든 일들을 다 모르고 보편적인 것만으로 생각하는 사람들이 읽으면 엄마에게 상처 되는 평가도 있을 수 있다는 것에 마음이 쓰이나 보다.

그럴 수도 있다. 생각했던 부분이다. 하지만 '과연 북한에서 그럴 수 있을까' 하는 선입견을 없애기 위하여 나는 이 책을 썼다. 우리가 알고 있었던 북한, 보이고 느껴지는 것이 북한의 모든 것은 아니다. 북한에도 사람이 살고 있다. 어느 사회에서나 일어날 수 있는 일들이 일어나는 곳, 대한민국 사람들의 삶과 다름없는 부분도 충분히 있다는 것을 얘기하고 싶었다.

부족한 글임을 안다. 그래서일까. 글을 써내려 갈 때는 깊이 생각지 못했는데, 책이 나오게 되니 왜 책을 내려고 했을까 하는 후회가 살짝 밀려오기도 한다.

나는 새터민이다. 한의사라는 타이틀을 가지고 있기는 하지만 남한 사회에서 이방인이고 소수인의 위치에 있구나 하는 생각을 할 때가 많다. 아마 많은 새터민들이 그런 마음이 아닐까. 다 표현하지 못하지만 마음속으로 엄청난 인내와 열정을 품고 노력, 노력할 것이다. 새터민이라는 새로운 단어가 우리 사회에 생겨난 건 남북한이 처한 환경 때문이고 자의 반, 타의 반으로 받아들여진 현실이지만 우리의 아픈 현실이기도 하다. 분단 상황 해소는 우리 앞에 주어진 최대 과제이다. 정치적인 이해관계, 민족적인 사명, 역사적인 의미를 부여하지 않더라도 현실적으로 남과 북은 포기할 수 없는 이해관계에 놓여 있다. 그리고 이 이해관계 해소에서 큰 역할을 할 수 있는 사람들이 바로 새터민들이라고 나는 생각한다.

새터민 중에는 일반 주부도 있고 회사원도 있고 버스 기사도 있다. 교사, 의사도 있고 국회의원도 있다. 직업적으로만 생각한다면 각자가 처한 환경에 따라 발휘할 수 있는 부분이 다르겠지만, '평화, 한반도의 미래, 그리고 통일'이라는 큰 틀에서 모든 새터민들은 동일 선상에 있다. 같은 책임감을 가지고 같은 역할을 할 것이다. 직업에 따라 역할 분담이 다를 뿐이지 큰 역할, 작은 역할이 있는 것은 아니라는 것이다. 새터민 한 분, 한 분의 역할이 모두 귀중하고 값지다.

대한민국의 통일 기조는 '지속가능한 한반도 평화'이다. 그 평화에서 새터민이 가지고 있는 역할은 매우 크다. 새터민들은 자신이 느끼는 대한민국의 모습을 북한에 전달하는 역할을 하고 북한 사람들에게 대한민국을 알린다. 그 과정을 통하여 북한 사람들은 대한민국을 이해하게 되고 평화를 원하고, 스스로 평화를 만들어 가려는 의지를 가질 수 있을 것이다.

새터민들의 이러한 역할은 대한민국 국민들과 함께할 때 더 큰 빛을 발휘하게 된다. 대한민국 국민들의 삶, 따뜻하고 열정적인 모습들이 새터민들을 통하여 북한으로 전달될 것이기 때문이다.

이 책을 읽게 되는 독자 한 분, 한 분이 새터민들과 진정으로 마음을 나누는 찐 친구가 되었으면 좋겠다는 바람이 있다. 그것이 지속가능한 한반도의 평화를 위한 우리 모두의 역할이 아닐까.

함께 만들어 가는 평화, 그것이 한반도의 미래가 되었으면 좋겠다.

당신은 선택할 수 있습니다

초판 1쇄 인쇄 · 2021년 10월 20일
초판 1쇄 발행 · 2021년 10월 30일

지은이 · 김지은
펴낸이 · 천정한
펴낸곳 · 도서출판 정한책방

출판등록 · 2019년 4월 10일 제2019−000036호
주소 · (서울본사) 서울 은평구 은평로3길 34-2
　　　　(충북지사) 충북 괴산군 청천면 청천10길 4
전화 · 070−7724−4005
팩스 · 02−6971−8784
블로그 · http://blog.naver.com/junghanbooks
이메일 · junghanbooks@naver.com

ISBN 979-11-87685-59-3 (03810)

• 이 도서는 한국출판문화산업진흥원의 '2021년 출판콘텐츠 창작 지원 사업'의 일환으로 국민체육진흥기금을
　지원받아 제작되었습니다.